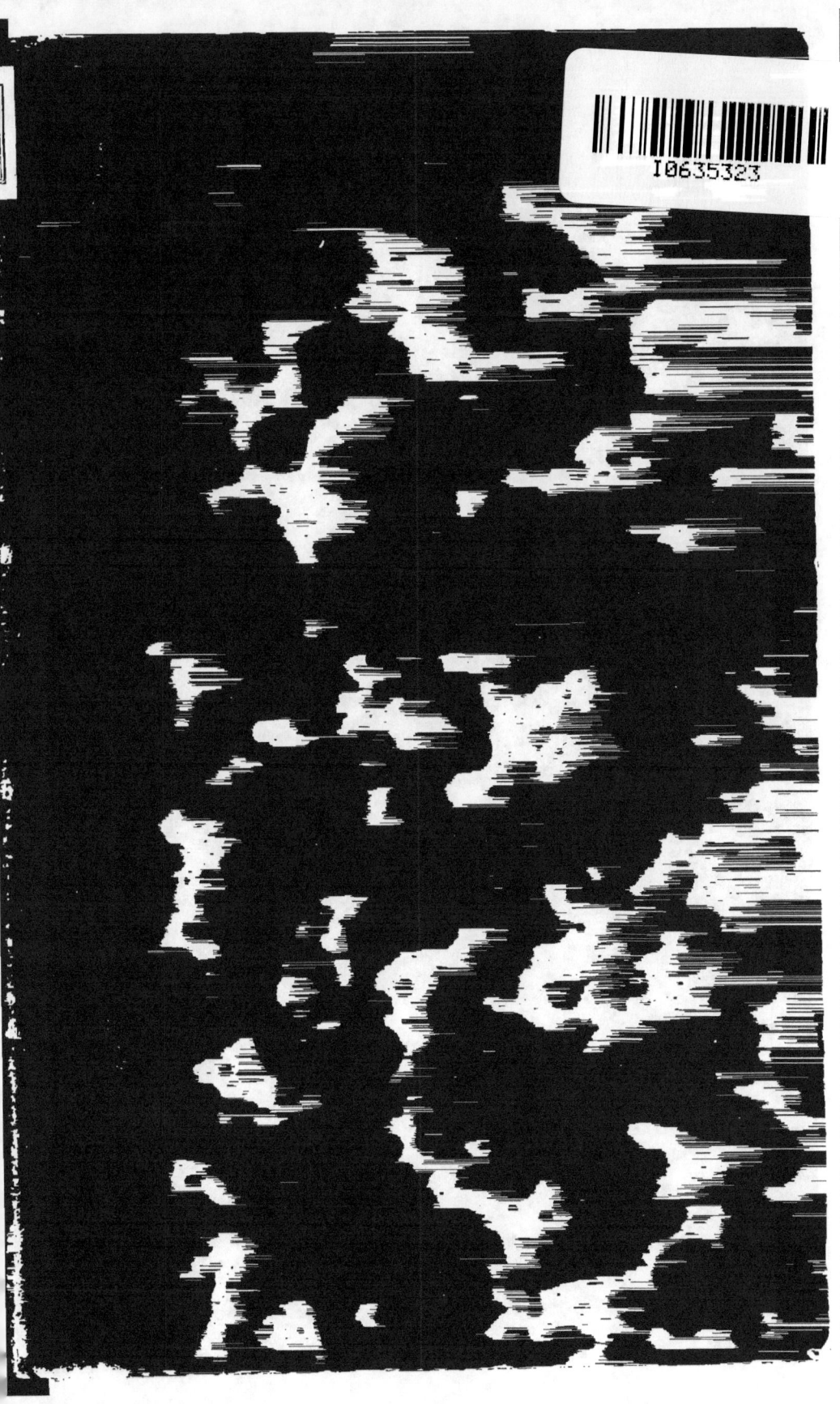

I0635323

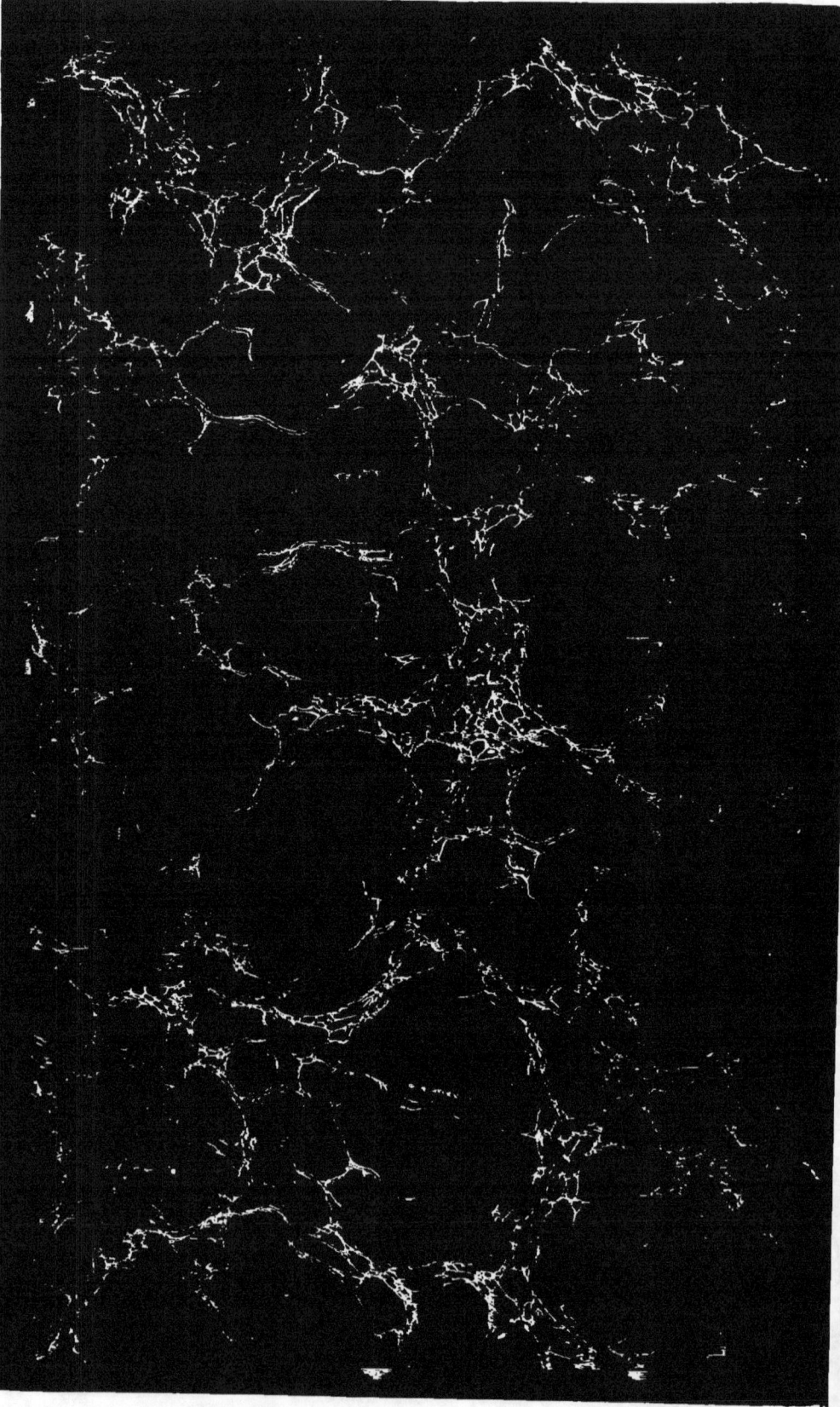

MÉRIDIONALES,

Poésies Intimes.

MÉRIDIONALES,

POÉSIES INTIMES,

PAR

 Thévenot,

— DE LA CREUSE. —

Collaborateur de la Revue de Provence.

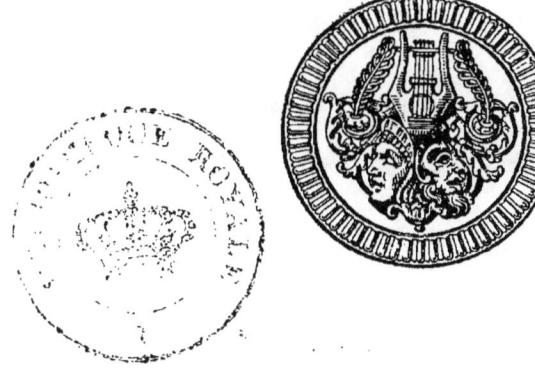

Arles,

D. GARCIN, IMPRIMEUR.
1835.

TABLE.

—

TABLE.

Fin.

PRÉFACE.

Venir parler de poésie et d'art au sein des pré-
occupations qui agitent la Société, c'est peut-être
folie.... car il faut être doué d'une foi robuste,
d'un religieux enthousiasme, d'un sentiment inné
pour croire encore à la poésie. Elle est presque

délaissée, la pauvre, malgré qu'elle mette de tems
en tems des fleurs dans ses cheveux, des diamans
à ses doigts, des paillettes à sa robe, et des perles
à sa ceinture. On regarde et l'on passe ; ou, si l'on
vient à lui sourire, c'est de ce sourire sardonique
et moqueur qui lui brise l'âme et la fait se désespérer. Alors, toute confuse, elle se retire dans son
isolement, se voile le front et pleure.... Pauvre
Poésie !... Où sont-ils ses beaux jours tissus d'or
et de soie? Où sont-elles ses nuits de tendresses
où les acclamations du théâtre épanouissaient son
âme? Hélas! elle marche rêveuse, les yeux fixés
au Ciel, les bras croisés sur son sein. Mais comme
elle accueille ses jeunes intimes! comme elle les
presse avec amour! comme elle les réchauffe de son
souffle! comme elle leur demande des baisers au
front! pauvre Poésie! et si quelques-uns d'entr'eux
viennent à mourir dans ses embrassemens, elle a
une larme, une larme du cœur à leur donner ; elle
proclame leurs noms en sanglottant, et elle va s'a-

genouiller sur la pierre du cerceuil. Elle a éprouvé
de nos jours de bien amères déceptions.... Oh !
qui donc viendra encore lui crier, courage! Qui
donc ira la consoler sur son grabat de misère?...
Pauvre Poésie!...

Cette personnification de la poésie n'est peut-
être que trop vraie. Sa vie s'éteint comme un
flambeau, sous le vent glacial de l'égoïsme, les
nuages toujours plus assombris de la politique, et
ce terne soleil d'argent que le siècle lui fait!

Le positif de la vie, le mercantisme du talent,
le tarifage de la conscience, voilà donc les mobi-
les de notre triste Société?

S'il en est ainsi, le poète doit donc voiler sa
tête de deuil, et mourir de la mort d'Escousse plutôt que de celle d'Élisa Mercœur et de Roulland?

Le Poète est donc le déshérité du siècle?

Qu'importent ses chants qui ne sont pas plus
écoutés que les cantiques et les hymnes que de

vieux prêtres murmurent encore au fond des sanctuaires déserts?

Oh! sans doute pour tant d'hommes matérialisés et corrompus, il en est ainsi ; mais pourtant, dans bien de jeunes et chastes âmes, tout sentiment poétique n'est pas éteint !... il s'harmonise et sympathise intimement avec le sentiment religieux, et la foi n'est pas morte sur cette terre de France, où Châteaubriant, Lamartine et Lamennais s'inspirent au flambeau du christianisme.

Ce n'est pas au sein des grandes villes, sans doute, que la religion prend le plus d'extension. Mais parcourez les campagnes, allez frapper aux seuils de ces hommes de labeur dont les sueurs fertilisent la terre ! Entrez dans l'atelier de l'ouvrier ! là encore on prie et on se confie ! là encore la foi est vive et jaillissante ; mais c'est surtout sous ce ciel bleu du Midi, près de cette belle mer de Provence, sur cette terre embaumée, c'est là qu'on comprend la Religion, et que l'âme s'ouvre aux tendres impressions de la poésie ! là on sent cette vie éthérée, cette animation des grandes beautés de la nature, cette influence de la Providence sur les destinées humaines !

C'est là que les Trouvères du moyen-âge prirent naissance !

C'est là que les plus grands souvenirs du passé vivent encore dans les monumens.

La Rome des beaux jours de Marius et de César y a inscrit son nom sur les champs de batailles, les obélisques, les arcs triomphaux.

La Rome de Constantin y a élevé ses édifices sans nombre, ses palais, ses portiques, ses vastes arènes.

La féodalité y a fait son œuvre gigantesque sur le rocher des Baux.

La chrétienté y a buriné le nom du Christ sur les murs de Saint-Trophime et de Mont-Majour !

Et je ne parle ici que du troisième arrondisse-

ment des Bouches-du-Rhône , car la Provence entière est peuplée de grands souvenirs.

Ainsi , entassement de sublimes travaux humains , portant chacun au front la date de leur origine.

Et n'est-ce pas là une merveilleuse poésie ?... On comprend ces œuvres quand on est passé là en artiste ou en pélerin.

J'ai reflété dans ce volume toutes mes sensations.

Indulgence pour le Poète , si parfois dans ses rêves sur les bords du Réal, sur le sommet des Alpines , par les beaux soirs , au passage des vives farandoles , une pensée triste vient à le prendre , et si une larme glisse le long de sa joue! Ici des douleurs de sympathie , des fleurs sur quelques tombeaux , des prières auprès de quelques croix ; des consolations à quelques pauvres cœurs déçus ou malheureux ; ici enfin cette poésie intime , qui seule vient de l'âme et va à l'âme !

Puissent ces pages de mélancolie pieuse reflé-
ter surtout quelque chose de ce beau ciel du Midi,
de cette belle nature toute fleurie, toute parfu-
mée ! Puissent quelques amis de la solitude,
quelques artistes, quelques cœurs qui aiment à
s'isoler dans la contemplation, à se bercer d'a-
mour, trouver quelque charme à ces vers !...

Ne demandez pas au Poète sous quelle bannière
il publie son livre... De bannière, il n'en a point
ici, cependant vous pourrez voir écrit sur le bout
de son écharpe de Trouvère :

RELIGION ! HUMANITÉ ! PROGRÈS SOCIAL !

(Arles, 15 Juillet 1835.)

LA PROVENCE.

MÉRIDIONALES,

Poésies intimes.

LA PROVENCE.

Parfums de poésie et songes d'âme tendre ;
Ombrages où poser sa tête sur des fleurs ;
Bercemens de zéphyrs ; voix du Ciel à comprendre ;
Beaux vergers émaillés de soyeuses couleurs ;
Mûriers au large front et verdoyans platanes ;
Orangers embaumés, ruisseaux aux rives planes ;
Bosquets où la Bengale entrelace au cyprès
Ses tiges, ses boutons, et ses corolles roses,
Où, dès l'aube du jour, toutes fleurs sont écloses,
Où perles de rosée ont un reflet si frais ;

1

Rossignols qui, le soir, sortent des nids de mousse
Pour mélanger leurs voix en suaves concerts ;
Au coucher du soleil brise pure et si douce ;
Azur d'un ciel serein ; balsame par les airs ;
Voûte du firmament vaste, claire et sans voiles,
Où scintillent, la nuit, des millions d'étoiles ;
Silence de l'amour par les champs endormis ;
Sainte paix du vallon ; repos dans la nature ;
Sommeil calme et si doux ; rêve qui nous épure
Et fait jaillir soudain l'ombre de nos amis ;

Flots des mers se brisant au sablonneux rivage
Sans murmure effrayant, sans roulemens confus ;
Onde bleue égayant le regard quand il nage
Sur cette immensité d'océan sans reflux ;
Grand fleuve aux larges bras y terminant sa course ;
Voyageurs épuisés des froids climats de l'ourse,
Venant se réchauffer à ce soleil si beau
Qui donne plus de force au corps que le dictame,
Qui fait bondir le cœur, qui rayonne dans l'âme,
Et retarde nos pas au sentier du tombeau ;

Port, où de l'Orient s'entassent les richesses,
Cité des Phocéens, bazar universel,
Où les vents alysés bercent de leurs caresses
Les voiles des vaisseaux sous ce magique ciel,
Où l'on voit voltiger goëlettes, gondoles,
Bricks aux mille couleurs, légères barcarolles,
Navires baptisés sous le feu des canons,
Troués par les boulets, meurtris par la mitraille ;
Vétérans qui voudraient encor quelque bataille
Pour briser des sabords et rajeunir leurs noms ;

Monumens du passé conservés sans souillure ;
Gigantesque tombeau de deux Consuls romains ;
Arc triomplal, avec sublime ciselure,
Sur l'antique Glanum... chefs-d'œuvre surhumains !
Fontaine aux flots aimés par toute âme sensible,
Où Pétrarque a gravé son amour indicible,
Où vient la Poésie exhaler ses accords ;
Femmes aux cheveux noirs avec des yeux qui brûlent,
Des miasmes de feu qui dans leur sang circulent ;
Des soupirs à donner de délirans transports ;

Oh ! c'est bien la Provence ! elle, avec tous ses charmes ;
Comme je la rêvais dans mes nuits, tout enfant ;
Avant que mon regard n'eût soupçonné les larmes,
Mon cœur le désespoir d'un remords étouffant ;
Quand la Muse était là , vive , légère et folle ,
A plier mon langage à sa chanson frivole ,
A me dire : « Il est doux le sol des Troubadours :
» Le Ciel y sourit tant ! les fleurs y sont si belles ! »
Oh ! pourquoi n'ai-je point alors tendu mes ailes
Pour venir y puiser tous mes chastes amours ?....

Provence ! et maintenant, infortuné poète ,
Plante qu'un vent d'exil a semé sur tes bords ,
Sous ton ciel embrasé je languis, je végète ;
Mon Luth s'épuiserait en stériles efforts ; —
Tes femmes et tes fleurs ne me font plus envie ;
Il faudrait commencer une nouvelle vie ;
Croire encor au printems, aux rêves des beaux jours ,
Oublier un passé d'existence orageuse ,
Livrer encor aux flots ma barque aventureuse
Et mon cœur aux espoirs qui nous leurrent toujours !..

J'aime mieux les chàlets des rives de la Creuse ,
Les sentiers escarpés sous les châtaigners verts ;
J'aime ouïr les follets par chaque nuit brumeuse ,
Et les djinns qui , passant , glapissent dans les airs ;
J'aime mieux les fronts blancs et les visages roses
De nos vierges du Nord , fraîches fleurs demi-closes
Qui , par les soirs d'été , s'ouvrent aux doux aveux ;
J'aime mieux les forêts , dédales chers aux Lyres ,
Où les Poëtes vont isoler leurs délires
Au mugissement sourd des torrens écumeux ; —

L'âme s'use à jouir de vos parfums sans nombre ,
De vos champs trop fleuris , de votre ciel trop pur ;
Oh ! je voudrais souffrir ! oh ! je voudrais plus d'ombre !
Mon œil ne peut toujours se complaire à l'azur.
Ma Muse est une fée , il lui faut des orages ,
Des tourbillons sans fin , des débris sur les plages ,
Des éclairs dans le Ciel , la voix des aquilons ,
Les éboulemens sourds d'empires et de trônes ,
Les fracas des combats , les feux des Polygones ,
Les cris du Vautour fauve et le vol des Aiglons !....

[SAINT-REMY.]

Les Soirs de Provence.

A M^r. Auguste Martin.

—

LES

SOIRS DE PROVENCE.

C'est l'heure où l'âme incomprise
Vaguement se poétise ;
L'heure où la poussière grise
Ne vole plus dans les airs ;
C'est l'heure où sur la colline
Le soleil couchant s'incline
Pour se baigner dans les mers ;

C'est l'heure où Saint-Paul se dore
D'un rayon qui s'évapore ;
L'heure où le ciel se colore
De l'azur des nuits d'été ;
L'heure où le Rossignol tendre
Dans les bosquets fait entendre
Ses accords de volupté ;

C'est l'heure où les flots bruissent
Sur le sable, et resplendissent
Plus bleus, alors qu'ils se plissent
Comme un manteau d'Espagnol ;
L'heure où se perd sous la brume
L'Alcyon blanchi d'écume,
Plus agile dans son vol

Que l'Hirondelle joyeuse,
Si légère voyageuse,
Qui se pose sur l'yeuse
Ou sur les tours du manoir ;
Mais l'Alcyon plus fidèle
Revient en battant de l'aile
Sur les algues chaque soir ;

C'est l'heure de l'arrivage ;
C'est l'heure de l'amarrage
Des gabarres au rivage,
Des gros vaisseaux dans le port ;
C'est l'heure où la voile frôle
En s'avançant vers le môle,
Malgré les moussons du nord ;

C'est l'heure où sur les Alpines
Passent les brises marines
Berçant les fleurs purpurines ;
L'heure où montent les parfums,
Quand de vos cités splendides
Vous allez à vos bastides
Pour rafraîchir vos fronts bruns ;

C'est l'heure où l'ombre de Laure
Sur la Sorgue vient encore
Redire un nom qu'elle adore ;
L'heure où l'on dit que la cour
Des beautés du moyen-âge,
Tenait son aréopage
Au sein du Château-d'Amour ;

C'est l'heure où jeunesse folle
Commence la farandole
Légère et dansante , et vole
Au son du gai tambourin ;
L'heure où l'angélus appelle
A l'Autel chaque fidèle
Aux tintemens de l'airain ;

C'est l'heure où sur la montagne ,
Seul, sans amis , sans compagne ,
Je vois la vaste campagne
Dérouler mille couleurs ;
Et se perdre au crépuscule ,
Alors que la Tarentule
Tend ses filets sur les fleurs....

Oh ! les beaux soirs de poète !
Mais une larme secrète
Me pèse au cœur et me jette
En des pensers soucieux ;
Et quand s'éveille ma Lyre ,
Jamais je n'ose lui dire
Mes troubles mystérieux.

SERAZIE,

CHRONIQUE ARLÉSIENNE.

❋

A M⁽ᵉ⁾. Amédée Pichot.

———

SÉRAZIE,

CHRONIQUE ARLÉSIENNE.

I.

La Rome de Brutus, la Rome de César,
Morte, ne traînait plus l'Univers à son char ;
A peine un souvenir gisait au Capitole.
Les fils de Constantin avaient fait leur idole
Des palais d'Orient, de Byzance au berceau,
Et Rome n'était plus qu'un cadavre au tombeau.
Adieu son trône d'or ! seulement par rafales
Elle montrait au peuple encor ses saturnales,

Les jeux sanglans du Cirque , où l'esclave jeté
Arrachait un sourire à ce peuple alité.
Alors c'était pitié que la reine du Tibre !
Pas un seul battement dans un cœur d'homme libre !
Oh ! qu'ils avaient bien fait les fils de Constantin
De transporter leur pourpre aux bords du Pont-Euxin!
Ils avaient laissé là des Sénateurs rapaces
Se déchirant entr'eux comme des loups voraces ;
Des Proconsuls gorgés d'or , de sang et de pleurs,
Enivrés de falerne , et couronnés de fleurs,
Qui présidaient, l'œil sombre et la face rougie,
Aux lubriques ébats d'une éternelle orgie.
Pitié ! Puis pour combler la mesure des maux ,
La guerre décimait victimes et bourreaux.
La vieille Gaule alors, province de conquête
Qui , sous le joug de Rome , avait courbé sa tête,
Était comme une arène où descendaient lutter
Toutes les passions lasses de fermenter ;
Et nos pauvres cités sanglantes et meurtries ,
Pleuraient comme Sion sur leurs grèves flétries...
Quelques-unes pourtant, séjour des Sénateurs ,
Luxueuses encor malgré les proscripteurs ,

Jetaient un vif éclat... Non point toi, Massilie,
Dans un honteux sommeil alors ensevelie,
De ton passé de gloire ayant perdu l'orgueil,
Et te couvrant le front d'un long voile de deuil ;
Mais ta nouvelle sœur que caresse le Rhône,
Et qui prit un fleuron de ta belle couronne. —

II.

Arles... Oh ! l'on voyait dans son sein s'élever
Les merveilles des arts... Le Rhône la laver
Par de nombreux canaux s'enlaçant ; des Arènes
Telles que n'en avaient nulles cités romaines ;
Elle avait pour ceinture un cordon de créneaux ;
Ses temples, ses palais, ses portes, ses fanaux,
D'un ciseau renommé portaient au front l'empreinte;
Architectes savans envoyés de Corinthe
Avaient sur le granit incrusté pour mille ans
Les plus beaux souvenirs d'un peuple de géans ;
Quels merveilleux travaux ! l'Obélisque grisâtre,
Ayant pour piédestal quatre lions d'albâtre,

2

S'élevait orgueilleux sur le poudreux Forum
Portant à son sommet l'étendard LABARUM.
Là , le palais doré des Césars de la Gaule ,
Dont les reliefs luisaient autant qu'une auréole ;
Ici l'arc triomphal ! ici le Panthéon
Dont il ne reste plus aujourd'hui que le nom !
Là , l'immense Théâtre aux colonnes doriques
Montrait son pérystile et ses nombreux portiques ;
Sur son large escalier le peuple se pressait ;
C'était comme un torrent de voix qui bruissait !
Près du fleuve on voyait kiosques à légers dômes ;
Des bains de marbre blanc tout parfumés d'arômes,
Où dès l'aube du jour de lascives beautés
Reposaient leurs beaux corps lassés de voluptés. —
Plus loin, c'est l'Aliscamp couvert de sarcophages,
Dont les débris épars ont traversé les âges ;
Jamais champ plus fécond en ossemens humains
Que la Nécropolis gauloise des Romains !
Puis dans le port du Rhône arrivaient des navires
Chargés d'or, de corail, d'encens et de porphires,
De santal indien , d'aloès d'Orient...
Puis toujours ce beau ciel si pur et si riant,

Qui rayonnait d'amour sur la cité splendide ;
Cité puissante alors ! reine fraîche et sans ride ,
Qui tenait en sa main le sceptre occidental,
Et dans ces tems de deuil brillait comme un fanal.
Oh ! c'était magnifique à voir ! C'était un faste
Qui semblait un prestige , un étonnant contraste.
Les empereurs venaient trôner souventefois
Dans ces murs somptueux élevés à leur voix ;
Mais quand le fer vengeur , le poison ou la corde ,
Entr'eux rivaux sanglans , jetaient quelque discorde ,
Le Préteur favori régnait en souverain ,
Et le peuple courbé portait son joug d'airain !...

III.

L'un d'eux fut Sabius , patricien sans âme ,
Il marchait précédé de la sainte oriflamme ;
Trente licteurs veillaient sans cesse à son côté.
Satrape ivre de honte et d'impudicité ,
Portant un front terni sous la pourpre romaine ,
Et n'endormant la nuit ses remords qu'avec peine ;

Car il n'avait conquis ses immenses trésors
Qu'en ordonnant le crime et dépouillant les morts;
A ses moindres désirs, Odalisques des Ganges,
Passaient les mers, venaient lui chanter des louanges,
Et des senteurs de l'Inde embaumer ses cheveux.
Jamais préteur de Rome aussi voluptueux !
Il se plaisait aux jeux féroces des arènes,
A voir couler le sang ; il déliait les chaînes
Des esclaves mourans, pour les faire lutter
Avec ses beaux lions qu'il savait exciter. —
Un jour il invita pour la sanglante fête
Un essaim de beautés, séduisante conquête,
Et qu'il rêvait sans doute être à lui sans rival,
Car il avait souri d'un sourire infernal !
Une vierge pourtant, et frissonnante et pâle,
Quand un gladiateur vibra son dernier râle,
Appuya sur ses yeux sa main, pour mieux cacher
Des pleurs que Sabius aurait pu reprocher ;
Et jamais son regard, miroir de sa belle âme,
N'osa se retourner vers le préteur infâme ;
Ce spectacle effrayant avait brisé son cœur,
Et Sabius pour elle était un nom d'horreur !..

IV.

Sérazie !... oh ! jamais l'antique poésie
N'aurait eu d'assez doux accords pour Sérazie !
Une vague tristesse est peinte sur son front.
Chaste fille du Ciel ! quels beaux Anges viendront
Te dire : « Il faut aimer ! la beauté n'a point d'âme,
» Si son œil ne reflète une magique flamme ;
» La beauté, c'est un don, sans doute, mais c'est peu
» Quand on ne la voit pas sourire au doux aveu ;
» Ce n'est plus qu'un vain marbre, une froide statue
» Qu'un regard de passant contemple et prostitue. —
» Il faut pour l'animer un rayon fécondant,
» L'éclair d'un amour pur sorti d'un cœur ardent.» —
Et pourtant, Sérazie était-elle insensible,
Quand au Cirque, devant le Préteur irascible,
Elle versait des pleurs ? Oh ! qu'il vienne un moment
Où son regard rencontre un regard bien-aimant,
Alors, vous la verrez rayonnante, éblouie,
Par des soupirs de feu son âme épanouie,
Se parfumer d'amour, et rougir de carmin,
Ainsi qu'une églantine au soleil du matin.

Mais hélas ! ici-bas, combien de pauvres femmes

Ne trouvent pas une âme à cromprendre leurs âmes ?

Combien, qui du néant passent au froid cercueil,

Sans pouvoir murmurer : « Je t'aime !.. » avec orgueil ?

Ainsi tu passeras, toi, jeune Sérazie,

Toi, saphir d'Occident qu'eut envié l'Asie !

Et pourtant il viendra, ce préteur, à genoux,

T'implorer ! s'écrier en pleurant : « M'aimez-vous ? »

Et toi, tu le fuiras long-tems, long-tems sans doute,

Jusqu'au jour qu'il dira : « Ma Sérazie, écoute !

» Pour conquérir ta main, pour éprouver mon cœur,

» Parle ! que te faut-il ? ordonne ! l'empereur

» Est moins puissant que moi ! faut-il prendre des villes ?

» Faut-il joindre à tes champs des champs bien plus fertiles?

» Faut-il le détourner ce Rhône impétueux?

» Rien ne m'est impossible à moi qui dis : je veux ! »

— Eh bien, tu répondras : « Faites jaillir Vaucluse

» Ici, dans un bassin de marbre de blanduse ! »

Ce sera ton arrêt, jeune femme ; et soudain

Des milliers de bras, laborieux essaim,

Creuseront un canal aux coteaux des Alpines ;

Et Glanum fournira ses massifs de ruines,

Pour le former en voûte et pour l'enduire en stuc ;
Alors, jusques au Rhône, en un large aqueduc,
Iront se refléter les flots blancs de la Sorgue,
Légers, et murmurant comme de doux sons d'orgue.

V.

Oh ! c'était courageux de résister ainsi
Au fastueux Préteur, sans lui crier : merci !
Oui, c'était courageux d'inventer quelqu'obstacle,
Avant de se jeter dans ses bras en spectacle !
Oui, c'était courageux ! mais l'obstacle est franchi,
Il faut céder enfin.... ton front triste et blanchi,
Jeune vierge, est empreint d'une vague pensée ;
Tu ne croyais donc pas ta prière exaucée ?
Viens au Forum ! ici, déjà sous tes regards
Vaucluse à flots d'argent jaillit de toutes parts,
S'élance en gerbe, et monte, et descend en rosée !...
Arles, plus radieuse, en est toute arrosée !
Tes compagnes, le soir, y baignent leurs seins nus ;
Et toi, pourquoi gémir ? tes beaux jours sont venus !

Sabius t'aime, il t'offre une place à son trône ;

Et tu pourras régner de l'Italie au Rhône,

Pendant qu'en Orient les fils de Constantin,

D'un empire nouveau régiront le destin ;

Tu verras à tes pieds des milliers d'esclaves;

Des femmes t'embaumant de leurs parfums suaves ;

Et tu présideras à ces jeux où le sang

Coule à flots sous la dent d'un lion rugissant ;

Où le gladiateur qui tombe sans murmure

Est le plus applaudi de cette foule impure.

O pauvre Sérazie ! à toi, ce sang humain

Fait horreur ! et pourtant il te faudra demain

Le voir couler encor ; demain c'est une fête ;

Demain, de Sabius tu seras la conquête ;

Il mettra sur ton front le bandeau nuptial ;

Et tu perdras demain ton voile virginal !.....

VI.

Elle est seule en un bain que l'ambre aromatise ;

Nulle larme en ses yeux ne peut être comprise ;

Elle pleure pourtant.... et pourtant son beau sein
Se soulève agité par quelqu'obscur dessein...
Que peut-elle rêver?... et sur sa main si blanche,
Comme pour s'endormir, son front pâle se penche...
Que peut-elle rêver?... serait-ce à son passé,
Toute petite enfant, quand, le regard baissé
Mais joyeuse, elle allait au grand Delta du Rhône
Voir bondir les taureaux!... ou, quand d'une couronne
De bluets, les enfans, compagnons de ses jeux,
Lui faisaient don pour bien retenir ses cheveux :
Car ses cheveux bouclés tombaient sur ses épaules,
Et revenaient légers comme des banderoles,
S'enlacer sur son front, sur ses yeux, où le vent,
Comme pour la voiler, les ramenait souvent....
Que peut-elle rêver?... oh! peut-être à son père,
Mort jeune en combattant sur la rive étrangère,
Et qui l'avait laissée orpheline à cinq ans....
Peut-être qu'elle rêve encore aux jeux sanglans,
Où la première fois se retournant vers elle,
Le Préteur aura vu briller quelqu'étincelle
Dans ses larmes d'effroi, quand le gladiateur
Mourant, la contemplait d'un œil adorateur....

Peut-être qu'elle voit un Ange lui sourire,
L'entourer de ses bras caressans, et lui dire :
« Vierge, à ce Sabius ne te profane pas !
» Viens plutôt parmi nous, loin, bien loin d'ici bas !
» Là haut ! on sait aimer dans le palais des Anges !
» Là haut, les Séraphins chanteront tes louanges !
» Viens sous mon aile blanche ! endors-toi sur mon sein !
» Je ne froisserai pas ta chair de blanc satin ! »

VII.

Pendant qu'aux visions la vierge était en proie,
Arles se préparait aux fêtes, à la joie ;
Sabius attendait l'épouse de son cœur ;
Ce satrape blâsé d'amour et d'impudeur,
Se drapait comme un roi dans un manteau d'hermine ;
L'or et les diamans brillaient sur sa poitrine ;
A son front la couronne.... et son œil se tournait
Vers ces bains que d'hier Vaucluse alimentait.
Nuls bruits, nuls pas légers, nuls frôlemens de gazes ;
Nulle faible lueur de rubis, de topazes ;

Silence, ombre partout dans l'enceinte du bain !...
Et le peuple était là, convive souverain,
A l'entour... Sabius, étonné, triste et blême,
Comme frappé soudain d'un céleste anathême,
Franchit le seuil, appelle ; on ne lui répond pas ;
Au bain de Sérazie il dirige ses pas...
Approche Sabius ! contemple une victime !
Peut-être elle a voulu t'épargner quelque crime ;
Elle semble dormir.... mais hélas ! ce sommeil
Si profond, n'aura plus ni rêve ni réveil. —
Elle est morte ! Vaucluse a noyé dans son onde
Son beau corps, son cœur pur, sa chevelure blonde...
Elle est morte en rêvant, car encor son front blanc
Semble tout radieux d'un espoir consolant !...
Et lui, ce Sabius, contemplant Sérazie,
Grince et rugit soudain comme un tigre d'Asie...
Et la foule en dehors, demande à cris bruyans,
Le spectacle du cirque et ses jeux effrayans !!!

FARANDOLE.

FARANDOLE.

Farandole,
Vole, vole,
Fuis comme la barcarolle
Qui glisse sur les flots bleus !
Tambourin, suis en cadence
Cette fantastique danse,
Ces essaims voluptueux !

Tantôt ils s'ouvrent, s'élancent,
Se referment, se balancent,
Se poursuivent, se devancent,
Tantôt se forment en rond ;
Et passent comme des rêves,
Ou des brises sur les grèves,
Ou des rires sur le front !..

        Farandole,
          Vole, vole,
Fuis comme la barcarolle, *etc.*

Allez, folâtre jeunesse,
Livrez-vous à l'alégresse
Sous ce ciel qui vous caresse,
Et fait bondir votre cœur !
Le tambourin vous appelle,
Le fifre et le violoncelle
Forment comme un divin chœur !

        Farandole
          Vole, vole,
Fuis comme la barcarolle, *etc.*

Passez devant ma fenêtre ;
Oh ! je sourirai peut-être
A votre fête champêtre,
J'aime à voir vos doux ébats !
J'aime à voir la Provençale,
Ou Bayadère, ou Vestale,
Cadençant ses légers pas !
    Farandole,
      Vole, vole,
Fuis comme la barcarolle, *etc.*

Trois fois autour du platane
Où tous les jours mon œil plane
Sans aucun regard profane,
Trois fois le rond s'est formé ;
C'est sans doute pour me dire :
« Poète, saisis ta Lyre
» Si nos danses t'ont charmé !.. »
    Farandole,
      Vole, vole,
Fuis comme la barcarolle, *etc.*

— C'est sans doute pour me dire :
« Étranger, plus de martyre !
» Viens danser, jouer et rire !
» Viens t'enlacer à nos bras !
» Si parmi nous quelques-unes,
» Filles du Midi, sont brunes,
» Viens, toutes ne le sont pas !... »
   Farandole,
    Vole, vole,
Fuis comme la barcarolle, *etc.*

Et la joyeuse volée
A peine s'est envolée,
Que ma pauvre âme isolée
Veut la suivre, mais en vain !..
Toujours là quelque pensée
Qui la retient oppressée
Comme en un cercle d'airain ?
   Farandole,
    Vole, vole,
Fuis comme la barcarolle

VENDETTA.

VENDETTA.

Fernando, viens sur la grève !
Le mistral souffle et s'élève ;
Viens, je te dirai mon rêve !
C'est un rêve de malheur !
Sais-tu qu'Etta... l'infidèle !
Vois ce poignard, c'est pour elle !
Il plongera dans son cœur !

Dans le cœur de cette infâme...
Il ira chercher son âme,
Ce poignard à fine lame,
Ce poignard damasquiné !
Vengeance à femme parjure !
Foi de Provençal, j'en jure
Au nom d'Henri-Dieudonné !

J'ai quitté Naples pour elle,
Naples la ville si belle,
Où le Vésuve étincelle
A l'horizon tout en feu ;
Naples, où la Mer ondoie
Avec amour, avec joie,
Aux reflets d'un beau ciel bleu ;

Naples, où les Lazzarones
Dorment le long des colonnes,
Avec des fleurs pour couronnes,
Sans soucis du lendemain ;
Vivant de l'air qu'ils aspirent,
Des aumônes qu'ils attirent,
S'ils daignent tendre la main !

Recueillant ma souvenance
Pour Etta, vers la Provence
J'ai tourné mon espérance,
Et j'ai traversé la Mer
Sur une gondole grise,
Que poussait toujours la brise,
Vers ce rivage si cher ;

Vers ce rivage, ou Marseille,
Cette autre cité merveille,
Fille des Phocéens, veille..
J'ai jeté l'ancre en son port ;
Et j'ai salué la plage
Où s'écoula mon jeune-âge,
Avec un joyeux transport !..

J'ai retrouvé là : famille,
Vin de France qui pétille,
Caresses de jeune fille
Qui voulut me suivre un jour.....
Et confiant à son âme,
Je l'ai prise pour ma femme,
Et je l'aime... mais d'amour !...

Eh bien ! j'ai rêvé (personne
Ne peut entendre, pardonne !
C'est que tout mon sang bouillonne),
J'ai rêvé que cette nuit
Un homme a souillé ma couche,
Un homme au regard farouche...
Vois ce poignard comme il luit !

Je le tiens d'un Grec d'Athène,
Il est sorti de sa gaine
Pour éteindre plus de haine
Que je n'en ai pour Etta !
Il boira son sang, qu'importe !
Il écrira sur sa porte :
Déshonneur et vendetta !

Mais ce n'est pas tout, écoute :
Si je trouve sur ma route....
Tu pâlis, c'est toi sans doute !..
Meurs, infâme séducteur !....
—Ma main ne s'est point trompée ;
Cette lame est bien trempée !..
Maintenant, un autre cœur !...

LA MÉDITERRANÉE.

LA MÉDITERRANÉE.

꜀꜆꜆꜀

II.

La Mer, la belle Mer, la Méditerranée,
Oh ! qui ne l'aimerait ! qui ne voudrait la voir !
D'une verte ceinture elle est environnée ;
Elle est limpide, et bleue, et calme chaque soir !
C'est une glace unie où sourit et se mire
Le ciel de l'Orient toujours clair , toujours pur ;
C'est un lac parfumé d'aloès et de myrrhe,

  C'est un vaste manteau d'azur,

Qui se drape parfois quand la tempête éclate ;
Quand les vents déchaînés grincent autour de lui ;
Quand le ciel tout en feu devient rouge écarlate ;
Quand sur son dos lustré le soleil n'a pas lui. —
La Mer, la belle Mer, la Méditerranée,
C'était mon rêve à moi, mon rêve des beaux jours !
Et je disais, voyant s'écouler mes années
        Sans réaliser mes amours ;

Je disais : « Seulement quelques heures près d'elle !..
» A Marseille, à Toulon... n'importe, voir ses flots !..
» Et pouvoir m'écrier : la Mer, comme elle est belle !
» Et de loin écouter les chants des matelots !..
» Et me laisser aller aux molles rêveries...
Quand donc, mon Dieu, quand donc voir la Mer sans reflux,
» Aux sables de ses bords jeter ses pierreries ?.. »
        Hélas, et je n'espérais plus !....

Oh ! la Mer, la voilà ! mon regard la contemple
Avec autant d'amour qu'une blanche péri !
Pensif, agenouillé, comme au parvis d'un temple,
L'âme ouverte à la joie et le cœur attendri !..

Oh ! la Mer, la voilà ! c'est elle , c'est bien elle !..
Un navire ! à la rame ! à la rame ! et fuyons !..
Laissons la voile aux vents s'ébattre, comme l'aile
          Des Goélands, des Alcyons !..

Déjà l'on ne voit plus les vaisseaux au mouillage ;
Adieu Marseille., adieu ! voici la pleine mer !
Adieu Provence ! adieu tes grèves, ton rivage !
Oh ! laissez-moi baigner mon front au flot amer !
A ce flot qui nous suit, nous entraîne, nous pousse ,
Qui nous chante son hymne, et que nous écoutons ;
Et que les flots d'après répètent à voix douce
          Sur tous les modes, tous les tons !..

C'est une hymne d'amour quand les lames ondulent
Aux bercemens légers des brises., des moussons ;
Quand le soir, au couchant, leurs longues voix modulent
Sur ce large clavier les plus étranges sons ;
Mais c'est un cri de mort quand les vagues bondissent,
Quand la voix du tonnerre y mêle ses échos,
Quand du fond de l'Enfer les damnés applaudissent
          A ce spectacle du cahos ....

Pourtant, je voudrais voir sous la foudre grondante
Quelque vaisseau géant tout à coup rebondir ;
Le vieux contre-amiral tout saisi d'épouvante ;
Les voiles se gonfler, les haubans se roidir !
Et les milliers de bras des matelots, des mousses,
Se crispant à la fois aux câbles détendus ;
Et les flots déchaînés rugissant par secousses
     Jusques sur les huniers tordus !...

Pourtant, je voudrais voir deux flottes ennemies
Sur l'abîme entr'ouvert s'aborder en hurlant ;
De tribord et babord voir leurs foudres vomies,
Se croiser en leur vol et rapide et brûlant !...
Et le feu s'élançant en spirale infinie
Autour des mâts brisés, et debout sur les ponts ;
Chefs et soldats luttant en leur courte agonie
     A coups de hache et de harpons !..

Puis voir tout engloutir, chefs et soldats et flotte,
Et les canons rougis qui font bouillonner l'eau,
Et squelette effrayant qui par débris reflotte,
Le vainqueur étonné, seul sur le grand tombeau !..

Oh ! c'est un beau spectacle à rêver pour l'artiste ;
Mais pour l'humanité le réel est hideux.....
Poète pélerin, cette pensée attriste,
    Ailleurs tes chants ! ailleurs tes vœux !

Voici, voici passer les chebecks de Toscane,
Les frégates du Sud, les corvettes du Nord,
Les bateaux de Provence à la surface plane,
Qui, tremblans, chaque soir vont s'abriter au Port !
Voici, voici passer la bombarde espagnole,
Et le pavillon turc au radieux croissant,
La goëlette grise et la frêle gondole,
    Et le SUFFREN éblouissant !..

Voici, voici passer la Maltaise tartane,
Les bricks anglais filant à l'horizon bruni
Quand du nord nuageux souffle la tramontane ;..
Voici, voici passer un trois-ponts rajeuni,
Qui fut brisé, rompu, démâté sur la côte,
Et tout rougi de sang, le jour de Navarin !..
Pauvre vaisseau d'Égypte !.. il put, seul de la flotte,
    Sauver ses carènes d'airain !...

Oh ! que ne puis-je aller de la France à l'Asie
Réaliser mon vœu, mon ineffable amour,
Et mes rêves dorés d'intime poésie,
Vers ce bel horizon d'où se lève le jour !..
Que de chants pour le cœur, que d'hymnes pour la lyre !
Qu'au moins l'illusion me prête son flambeau !
Partons, amis, partons ! au large le navire !
Le vent est bon, le ciel est beau !...

II.

A moi les vagues blanchissantes !
A moi les brises caressantes !
A moi les étoiles, le soir !
A moi les vents et les tempêtes !
A moi toutes ces grandes fêtes !
A moi l'abîme !.. oh ! je veux voir !

Nice la belle et la fraîche,
Avec ses parfums de pêche,

Et ses orangers en fleurs ;
Nouveau jardin d'Espérides,
Où les fronts n'ont pas de rides,
Où la vie est sans douleurs.

Gènes, la superbe Gènes,
Honteuse des lourdes chaines
Qui retiennent ses vaisseaux ;
Gènes qui fendait les ondes
Des deux mers dans les Deux-Mondes,
Ainsi qu'un démon des eaux !...

Gènes !.. passons, que m'importe !..
Puisque toute gloire est morte
Et tout espoir épuisé,
Chez ce peuple qui déroge
Depuis Doria son Doge,
Son doge immortalisé !

La Corse... ce nom rappelle
Un nom de gloire éternelle

4

Que le siècle a profané !
Ne le touche pas, ma Lyre !
Car ce grand nom, pour le dire,
Un Homère n'est pas né !

Plus loin, voici la Sardaigne
Que la vague baigne, baigne ;
Madone aux pieds de corail ;
Qui semble être méprisée
Comme une frégate usée,
Sans mâts et sans gouvernail !...

Ici le Tibre décharge
Ses flots limoneux... Au large !
Quoi ! le Tibre roule encor
Des cendres, de la poussière,
Lui qui, dans Rome la fière,
A roulé des sables d'or ?

Ischia, Naples, Sorrente,
Salut ! La brise odorante

M'enivre et me rafraîchit ;
Ciel et Mer, tout se parfume ;
Et le Vésuve qui fume,
Et Gaëte qui blanchit !

Salut aussi cap Misène !
Malgré le flot qui m'entraîne,
Je crois ouïr par les airs,
Comme un bruit d'algue marine,
La voix triste de Corinne
Lamentant ses derniers vers !

Écoutons : à l'Italie
Pauvre, abattue, avilie,
Ses adieux sont déchirans !
Mais nul écho ne répète
L'anathème du poète
Vibré contre les tyrans !

N'est-ce point ici Caprée
Lascive et si diaprée,

Avec un stigmate au front ?
Oh ! le baiser de Tibère
A fait germer cet ulcère,
Cet indélébile affront !... —

Ainsi se garde une tache ;
Ainsi la honte s'attache
Éternelle au souvenir ;
Quand un nom flétri le ronge,
On a beau passer l'éponge,
Il ne doit plus resplendir.

III.

Qu'importe pour passer aux pieds de la Sicile
Les hurlemens de mort de Carybde et Scylla ?
Allons nous reposer quelques instans dans l'île,
Sous les lilas fleuris d'une blanche villa ;

Descendons au rivage où Palerme repose ;
Les flots , si tendrement viennent y murmurer ;
Aspirons les senteurs de cinnamme et de rose ;
De vin de Syracuse il faut nous abreuver !

Corilla ! Corilla ! harpe d'or faite femme ;
Améthiste incrustée en un chaton d'azur ;
Heureux qui de ton cœur écouterait la gamme ;
Heureux qui brillerait de ton reflet si pur ;

Au val de Mazzara , cette calme retraite ,
Où doit venir l'oubli des douleurs d'ici-bas ;
Aux jardins d'Agrigente , asile du Poëte ,
Aux pieds du Mont-Etna quand il ne mugit pas...

Corilla ! Corilla ! j'invoque ton génie ;
Oh ! qu'un instant, du moins, je puisse te rêver
Sous ce beau ciel d'amour, de joie et d'harmonie,
Où ton voile de deuil pourrait se soulever ;

Il faut doubler le Cap ! A la rame ! à la rame !
Adieu Sicile, adieu, tes odorans vallons ;
Adieu ! Le vent du soir poussera notre prame
Au golfe adriatique où déjà nous volons !

Laissons loin au midi Malte la chevalière :
Malte qui prend à cœur de se faire oublier ,
Malte qui tenait rang dans l'Europe guerrière
Avec sa croix d'émail sur son haut bouclier !

A Venise ! à Venise ! Oh ! non Venise pleure
Ses Doges, son Sénat, son Bucentaure aussi :
Venise s'est voilée en attendant son heure ,
L'heure qui nous dira : Venise était ici ! —

Car Venise n'a plus de bras pour se défendre ;
Plus de cœur d'homme libre, et plus de forte voix ;
C'est un corps épuisé que la mort viendra prendre,
Regrettant pour linceul son antique pavois !

A voir ses beaux yeux bleus qui brillent sous des larmes :
A voir son front terni par trop d'embrassemens ;
On dirait : cette femme encore a bien des charmes ,
Pourquoi l'amour a-t-il fui ses enlacemens ?

C'est qu'elle s'est livrée, impure courtisane ,
Aux voluptés des rois devenus ses amans !...
C'est qu'elle a, dans leur couche où tout front pur se fane ,
Appris à parjurer les plus saints des sermens...

Elle aurait beau prier et se farder la joue ,
Les baisers d'hommes purs n'éteindraient pas ses pleurs ;
Ce n'est pas vainement, ò Venise, qu'on joue
Sa vieille liberté comme un bouquet de fleurs !

Fuyons ! voici passer les monts de l'Albanie !
On dirait que la Mer s'endort en souriant !
Voici poindre Corfou, Zante, Céphalonie !..
D'iambes solennels saluons l'Orient !..

IV.

L'Orient ! l'Orient ! j'aime les lauriers roses
    Qui bordent ses chemins ;
Ses perles et ses fleurs, chaque matin écloses,
    Qu'on cueille à pleines mains !
J'aime ses grands palmiers projettant loin leurs ombres ;
    J'aime ses Minarets,
Ses caravensérails, ses harems demi-sombres,
    Ses eunuques discrets !
L'Orient ! l'Orient ! j'aime ses caravanes,
    Ses pélerins forbans,
Ses janissaires bruns, ses muets, ses sultanes,
    Ses damas, ses turbans ;
Ses yatagans bronzés, ses tentes sur les sables,
    Ses chameaux dispersés
A travers les déserts ardents, infranchissables ;
    Ses tigres courroucés...
L'Orient ! l'Orient ! j'aime ses Schérazades,
    Ses conteuses de nuits,
Endormant leurs émirs avec des iliades
    Ravissantes... Et puis

Ses lascives almés, ces bayadères folles
    Qui chantent en dansant
Leurs pas voluptueux, leurs vives farandoles,
    Dont le charme est puissant !...
L'Orient ! l'Orient ! J'aime ses beaux cantiques !
    Ses harpes de Sion,
Ses cytharres d'Hellé, ses théorbes antiques,
    Et son psaltérion !
L'Orient ! l'Orient ! berceau de poésie
    Où vivre, c'est aimer ;
Où l'on boit, à sa soif, des gouttes d'ambroisie ;
    Où, pour se parfumer,
On a l'encens, la myrrhe et tous les doux arômes ;
    Où, pour toutes douleurs
Et de l'âme et du corps, on trouve tous les baumes
    Au suc mielleux des fleurs !
L'Orient ! l'Orient ! Ses rivières musquées
    Qui roulent des rubis ;
Ses cassolettes d'ambre, et ses riches Mosquées
    Avec leurs beaux parvis !

Ses arabesques d'or sur des tapis de Perse,
>   Ses palais enchantés....

L'Orient ! l'Orient ! Combien le Ciel y verse
>   Des flots de voluptés !

Des voluptés d'amour, des voluptés étranges,
>   Le long enivrement

De l'Éden des houris, du Paradis des Anges;
>   Et si l'énervement

A lassé votre corps, à corrompu votre âme,
>   L'opium peut encor

En vos rêves de nuit rallumer votre flamme
>   Avec ses gouttes d'or !..

L'Orient ! l'Orient ! sur des nattes de soie
>   On fume au narguilé !

Dans les embaumemens le cœur blâsé se noie
>   Sans un soupir râlé !

Là sont les Bengalis dont la voix est si douce
>   Que soudain elle endort

Sur des gazons jaspés, sur des tapis de mousse,
>   Du sommeil de la mort !

L'Orient ! l'Orient ! l'Hellespont, le Bosphore,
     Le château des Sept-Tours ;
L'Archipel surgissant des flots, quand vient l'aurore
     Argenter ses contours !
Et la Grèce ! la Grèce, un peu régénérée
     Avec ses botzaris,
Ses brûlots d'Ypsara, son Athènes sacrée,
     Byron et Canaris !...
Et la rive d'Asie où gît la ville Sainte
     Comme un vaste cercueil ;
Vainement l'islamisme en profane l'enceinte ;
     Vainement sur le seuil
Il s'assied, contemplant cette ruine immense
     Et s'écriant : salem !
Qu'importe ! l'Univers a gardé ta semence,
     Pauvre Jérusalem !
Et les monts consacrés des mystères sublimes,
     Golgotha, Sinaï,
Où les deux plus grands noms sont gravés sur leurs cimes :
     Jésus, Adonaï !...

L'Orient ! l'Orient ! et Smyrne.... et les Échelles
    Du Levant enflammé....
Oh ! c'est à délirer ! oh ! des ailes , des ailes
    Au rêve bien-aimé !
Abordons le rivage ! à l'ancre le navire !
    Seulement un seul jour
Que je puisse admirer ce qu'en rêve j'admire
    De ce brillant séjour !...

V.

    Voici les dunes d'Afrique !
    L'Égypte , l'Égypte antique !
    Voici le Nil aux flots gris !
    Ce grand fleuve aux riches ondes,
    Dont les rives sont fécondes
    Et les Delta si fleuris !

    Voici la blanche Damiette
    Et sa jeune sœur Rosette ,

Qui s'y mirent toutes deux !
Toutes deux fraîches et belles,
Balançant leurs caravelles
Dans leurs ports voluptueux !

Allons voir les villes mortes,
Tentyris, Thèbe aux cents portes,
Les monumens de Ghisé,
Les Pyramides altières,
Les Minarets des deux Caires
Et le vieux Memnom brisé !

La colonne de Pompée
Qui vit reluire l'épée
D'un nouvel Adamastor,
Géant à si forte tête
Qu'il dominait la tempête
De Syène au Mont-Thabor !

Adieu sables et mirages,
Et fantastiques langages

Des obélisques d'Isis !
Adieu ! la peste est cachée
Au sein d'une fleur penchée
Dans quelque douce Oasis !

Plus loin , le pays des Maures
Ombragé de sycomores,
Et plus loin les grands déserts !
Puis sur la grève argentine
Tunis, Alger, Constantine ,
Avec leurs kiosques verts !

Oh ! salut à notre flotte !
Salut au drapeau qui flotte
Sur nos mâts , avec orgueil !
Labarum sacré , qu'il vole
Déployer son grand symbole
Sur tous les peuples en deuil !

Plus loin, notre Mer se noie
A l'Océan qui tournoie

Jusqu'aux pieds de Gibraltar !
Halte à l'avant !... ici l'âme
Se briserait.... sur la lame
Voyez écrit : Trafalgar !...

VI.

Oh ! l'Espagne ! voilà ses rivages bizarres,
Ses ports offrant à l'œil de sublimes beautés ;
Et ses trois oasis, les trois sœurs Baléares
　　　Luxueuses de voluptés !

Pauvre Espagne ! jadis elle étendait ses voiles
Sur bien des mers ; son trône était de diamant ;
Elle avait sous sa loi plus d'îles que d'étoiles
　　　N'étincellent au firmament !

La voilà bien déchue, en vain sa Barcelonne
Sous les vents alysés jette ses sloops aux flots !
En vain ses mille yachts sortent de Tarragone
　　　Avec de nombreux matelots !

En vain ses Malaga , ses raisins d'Alicante
Offrent leur doux nectar à l'Orient vermeil !
En vain ses fresques d'or et ses feuilles d'acanthe
          Brillent sans rayons de soleil !

Laissons-la s'endormir ! revoyons notre France !
Du moins l'air qu'on y boit est bien moins énervant !
Du moins aux cœurs déçus un éclair d'espérance
          Sillonne la nuit en rêvant !...

Marseille ! Je reviens de mon pèlerinage !
O magique cité , que j'aime avec transport !
Je viens me reposer sous quelque frais ombrage
          Non loin des grèves de ton Port !

Je viens te demander une bastide blanche
Où je puisse chanter mon rêve oriental ;
Où je puisse poser mon pâle front qui penche
          Comme frappé d'un sceau fatal !

Sur cette belle mer, Marseille, tu domines
Comme sur ta cité domine avec amour
Ta Vierge de la Garde, où les senteurs marines
        Montent à flots au point du jour !...

Conserve ton fleuron ! tu surpasses Carthage ;
Les bazars d'Orient, Smyrne, Tyr et Sidon ;
Et Lisbonne flottant sur la mer et le Tage ;
        Et Venise dans l'abandon !...

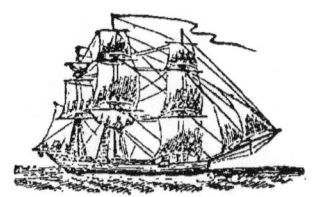

Envoi

A M. A. de Lamartine.

A vous ce chant d'amour, cette miscellanée,
Ce rêve oriental ;
Cette inspiration de Méditerranée
Sous le ciel provençal !

A vous dont le navire a sillonné cette onde
  Nouvellement encor !
A vous qui parfumez votre Lyre féconde
  A cet horizon d'or !
A vous qui parcourant ces merveilleuses rives
  Avez cueilli des fleurs,
Et qui montant à pied le Jardin des olives
  Aviez l'œil tout en pleurs !
A vous l'écho lointain de mes Stances voilées
  A tout regard humain !
Pauvres filles sans art, souvent échevelées,
  N'ayant pas une main
Pour soutenir leurs pas à travers cette foule
  Errante, qui bruit
Et dédaigne les cœurs où la foi se refoule
  Pour prier dans la nuit !

A vous de les connaitre ! A vous de leur sourire !

     De leur dire tout bas :

« Enfans, ignorez-vous que du Ciel vient la Lyre ?

    » Ne désespérez pas !... »

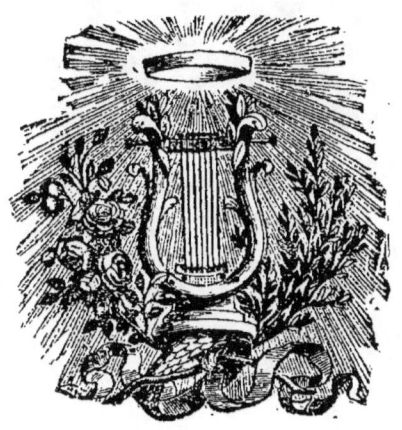

DOLCE FARNIENTE.

A M. Fernand de Lagoi.

DOLCE FARNIENTE.

C'est le Colibri qui se pose
Sur la branche de laurie rose
Et qui dort tendrement bercé
Par la brise légère et douce
Que la vague marine pousse ,
Après que l'orage est passé.

C'est la colombe roucouleuse
Qui, le long du jour, paresseuse,
Bat de l'aile sur un rameau;
Encor l'Alcyon qui balance
Sur les algues son indolence,
Ou sur le beaupré d'un vaisseau !

C'est le vieil Arabe qui fume
Le narguilé qui le parfume,
Couché dans la verte oasis;
Le Prêtre de l'Égypte antique,
Qui, dans son extase ascétique,
Prie à l'autel de quelqu'Isis !

C'est l'Odalisque jeune et blanche
Qui sur le sofa d'or se penche,
En sortant d'un bain parfumé ;
Pendant qu'à ses cheveux en boucles,
Attachent quelques escarboucles
Les esclaves du bien-aimé !

C'est le gondolier de Venise
Qui, le soir quand la Mer est grise,
Quand Saint-Marc sonne le tocsin,
Sur le Rialto s'abandonne
Au vague amour de sa madone,
Et croise ses bras sur son sein !...

C'est le lazzaroni qui rêve,
En se promenant sur la grève,
Au beau soleil napolitain ;
Et qui, dans sa pensée oublie
Que du calice il boit la lie,
Et que ce soir il aura faim !

C'est le Poète qui, dans l'ombre
D'une nuit orageuse et sombre,
Passe sa main dans ses cheveux ;
Et qui, sans détourner la tête,
Laisse au ciel gronder la tempête,
Et l'éclair centupler ses feux. —

Ou plutôt, c'est l'être, dont l'âme

Replie en soi toute sa flamme,

Et qui, la laissant sommeiller,

Aime à se sourire à lui-même,

Et s'isolant de ceux qu'il aime,

S'endort, — et craint de s'éveiller! —

C'est la pensée, active, ardente,

Qui, passant de l'enfer du Dante

Au Ciel des élus du Seigneur,

Aime à s'arrêter en extase,

Craignant de s'enivrer au vase

Où l'espoir a gravé : bonheur!

Lamentation & Consolation

à Elie Marinier.

━━

Si j'avais une voix de Séraphin, pareille
A celle qui de Job adoucissait les maux,
Sur ta couche de deuil, penchée à ton oreille,
J'irais, quand tu gémis, te murmurer ces mots :

« Au creuset des douleurs épure-toi, jeune homme !
» Fuis le monde ! au désert emporte ton chagrin !
» Et là, prie en pleurant comme fesait Jérôme ;
» Et tu verras pour toi s'ouvrir un ciel d'airain ! »

L^{se} R.....

Les souffrances payent l'immortalité. Il faut au Poète un vent d'ouragan pour soutenir ses ailes immenses; à ses doigts, des cordes d'airain brûlant; à ses oreilles, le tonnerre; à ses cheveux l'aquilon, l'écume des vagues; à sa soif, une boisson de flammes, et alors, esprit infernal, inspiré, Byron terrible aux éclats de rire sardonique, Schilles tempétueux, Verther agonisant, il crie, il se roule, il court, il se débat dans la tourmente de son idéal, et jette ces grands mots étonnans, qui, comme ceux de la Sybille, agenouillent l'avenir!....

Souffrez, souffrez long-tems, et la folie viendra au secours de la douleur, ou bien la Lyre.....

ÉVARISTE BOULAY-PATY.

Lamentation & Consolation

A ÉLIE MARIAKER.

Ecoute, mon ami, je viens te consoler ;
Pauvre être si souffrant, je viens te rappeler
Tes paroles ; je viens combattre en toi le doute,
Et sécher dans tes yeux les pleurs de deuil, écoute !
Il est un autre monde, un jour tu me le dis,
Tout embaumé de myrrhe, un riant Paradis,

Où nous retrouverons les vierges et les anges
Dont nous avons chanté les hymnes de louanges ;
Et, qui ne s'abreuvant parmi nous que de fiel,
Fatigués, ont repris le beau chemin du Ciel,
Après avoir connu ce qu'était cette vie ;
Une douleur, toujours d'une douleur suivie,
Un abime dont nul n'a pu sonder le fond ;
Une énigme sans mot, un doute bien profond ;
Un désert où parfois point quelque frais mirage,
Quelqu'Oasis en fleurs, où l'on croit à l'ombrage
Ne jamais aspirer que des parfums d'amour;
Où l'espoir souriant nous promet chaque jour
Un sommeil enchanté sur un hamac de soie,
Et des songes, la nuit, de bonheur et de joie;
Mais, où toujours déçu, le cœur comprend enfin
Que ces illusions amènent une fin
Bien lugubre, un réveil poignant et lamentable,
A se meurtrir le front, se rouler sur le sable;
A perdre sa raison; ou, comme Sautelet,
Tirer à pile ou face avec un pistolet!...
Bienheureuses cent fois les belles jeunes âmes
Qui pour ce monde impur ont de trop pures flammes,

Et que dans sa bonté Dieu rappelle en son sein
Comme pour accomplir un céleste dessein ;
Car ces âmes d'amour sont trop loin de leur place
Sur ce globe de boue, et de cendre, et de glace.
Et nous, désenchantés en les voyant partir,
Nous désirons la mort, cette fin de martyr...
Pourquoi donc ? Avons-nous accompli notre tâche ?
Faut-il fuir le danger en déserteur, en lâche ?
N'est-il plus à l'entour d'autres mains à presser ?
D'autres fronts blancs et purs encore à caresser ?
N'est-il pas au grand'œuvre une pensée à mettre ?
A l'avenir du Peuple un bonheur à promettre ?
Dans les espoirs du Ciel des consolations ?
Et sur la lyre d'or des lamentations ?

Courage ! du courage, à toi, mon pauvre Élie !
Long-tems sans doute encor ta figure pâlie,
Triste, se tournera vers la terre de deuil,
Comme pour y chercher la trace d'un cercueil !...
Oh ! je suis comme toi, pieux à la mémoire
De ces êtres chéris, desquels on ne peut croire

Un éternel adieu ! Je sais plaindre et pleurer,

Et gémir des sanglots, et me désespérer ;

Mais il me vient aussi parfois quelques pensées

Plus douces d'avenir : — de chastes fiancées

Qui me mettent au doigt l'anneau providentiel

Et m'agenouillent l'âme aux saints parvis du Ciel !...

Alors, j'aime espérer une autre vie ;... oui, j'aime

Me calmer, et ne plus proférer de blasphême,

Et ne plus rejeter le fardeau d'ici-bas,

Quoique brisé, flétri, bien souffrant et bien las !...

C'est une borne au bord de la route trouvée,

Où se repose l'âme avant d'être arrivée

Au seuil du cimetière, au cyprès du tombeau,

Et levant le regard au Ciel, on le voit beau,

Tout d'azur, et l'on dit : attendons que j'épure

Notre pauvre âme en deuil de toute sa souillure,

Pour être plus légère à monter par les airs,

Pendant que le cadavre éteint, en proie aux vers,

Et jeté dans le fond de quelque fosse ouverte,

Deviendra tout fétide, un amas de chair verte,

Puis squelette, puis rien, quand le tems destructeur
Aura passé dessus son fer consommateur!...

Je vous fais mal, sans doute, Élie, et dans votre âme
Ma voix est impuissante à porter le dictame;
En soulevant encore un suaire tout frais,
Je donne un nouveau cours à vos récens regrets;
Je tourne dans la plaie un tranchant qui vous tue,
Mais il faut bien que l'âme à la fin s'habitue
A ces scènes d'horreur, pour être forte, et mieux
Croire qu'elle vivra par delà d'autres Cieux!...

Vous m'avez dit cela, vous, qu'il nous fallait croire,
Quand il ne restait plus, dans mon calice, à boire
Que fiel et que poison!... quand, pauvre pélerin
Dans la sainte chapelle, où, le front tout sérein
Je venais m'abriter aux pieds d'une madone
Et porter un bouquet de fleurs à sa couronne,
Je n'ai plus rien trouvé qu'un autel dépouillé,
Que vases d'or rompus, que marbre blanc souillé,
Que tableau de Rosa tout imprégné de fange;
Qu'aube dont un profane avait terni la frange,

Et dans le sanctuaire, au fonds plus de flambeau,
Plus de lampe d'argent : c'était comme un tombeau...
Alors, je me roulais en hurlant sur les dalles,
Quelle main avait donc ouvert aux Saturnales
Cette sainte chapelle ?... Oh ! j'avais tout frémi,
J'étais tout délirant !.. et vous, mon bien ami,
Vous vintes, votre voix était retentissante ;
Et pour me consoler de la madone absente,
En secouant mon bras avec votre bras fort,
Vous me dites : « Sans doute il vaudrait mieux la mort,
» Ou le temple rasé, sans laisser une trace,
» Et que l'herbe des prés y poussât à la place ;
» Oui, mieux vaudrait qu'alors, madone, temple, autel,
» Fussent en cendre, au lieu de ce penser cruel,
» Que ta vierge d'amour est infâme et parjure !.... »
Vous me disiez cela.... Pour guérir ma blessure
Vous tourniez mes regards vers l'ancre de salut,
Et votre voix était suave comme un luth !...
Et je vous écoutais ; j'avais plus de courage ;
L'amitié me devint un port dans le naufrage....
Puis, au-delà du port, j'entrevis un ciel pur,
Toujours étincelant de rubis et d'azur,

Où nos vierges s'en vont vivre dans les délices,
Où montent les élus après leurs sacrifices !...
Et je fus consolé ! Je pris la vie en bien.
Après avoir ouï ce pieux entretien ;
Et je ne rêvai plus de chercher une route.
Pour atteindre d'un vol à l'éternelle voûte ;
Et je ne rêvai plus d'Escousse et de Lebras ;
Car je vous sentais là, vous, m'offrant votre bras
Pour me guider encore à travers les ruines,
Et préserver mes pieds des blessures d'épines....

Depuis lors je n'ai plus retourné si souvent
Mon œil vers un passé qui fut si décevant !...
Mais j'ai levé mon front plus fier vers les étoiles ;
J'ai vu poindre là-haut de fantastiques voiles ;
Et je m'en suis venu plus près de l'Orient,
Dans un riche climat balsamique et riant ;
Aux vallons de Provence, où j'ai posé ma tête
Sur des coussins de fleurs, sans crainte de tempête...
Mes tristes souvenirs semblaient être endormis ;
Je ne désirais plus, là, que mes bons amis,

Sous ce ciel embrasé, dans ces bastides blanches
Où l'on n'entend jamais le bruit des avalanches,
Où les rêves d'amour n'ont ni regrets, ni pleurs ;
Et j'amassais pour eux, chaque matin des fleurs
D'intime poésie, et des parfums d'arôme,
Pour embaumer leur âme en un céleste baume ;
Et je leur reflétais ma croyance et mes chants,
Non pas sans y mêler quelques soupirs touchans,
Car je sentais au fond de ma pensée un vide,
Et sur mon lac d'azur je voyais une ride.
Tout-à-coup dans mon sein un râle a retenti ;
C'est le vôtre, c'est vous, et je l'ai ressenti.
Ainsi d'un bout à l'autre, à la chaîne électrique
Se fait sentir soudain le contact sympathique ;
Un pressentiment sombre avait mouillé mon œil ;
Maintenant, je sais tout, pleurs, désespoir et deuil!..
Et les voilà ces mots qui déchirent votre âme :
« Morte ! morte ! à jamais éteinte, cette flamme,
» Étoile étincelante où je mirais mes yeux ;
» Ange, qui m'apprenait les préludes des Cieux !...
» Hélas morte ! plus rien, — plus rien ne reste d'elle,
» Qu'un souvenir en moi, cadavre, qui l'appelle!

» Etreintes, brisemens, tortures, clous de fer,
» Que chacun de mes cris enfonce dans ma chair!
» Je chancelle, je tombe... en mon cœur plus de sève,
» Nul ne souffrit jamais autant dans aucun rêve!
» Je n'ai plus confiance à rien... pas même à Dieu...
» Poète, donne-moi des pleurs, c'est mon adieu!...»

Eh bien, j'ai retrouvé ma force à ta parole,
Et j'ai monté pour toi la Lyre qui console....
Eh bien, mon pauvre Élie, espère donc aussi!
Dis-moi donc à ton tour, maintenant, oh! merci!
Tu vois, je n'ai pas craint de te rouvrir ta plaie....
Mon chant est plus semblable aux cris fauves d'orfraie
Qu'aux harpes de Sion. — Qu'importe, si mon cœur
Sympathique du tien, a compris ta douleur?
S'il en prend la moitié, puis, sur l'autre s'il jette
L'espérance du Ciel, le laurier du poète. —
Allons, relève-toi, frère, et redeviens fort!
Ne soit pas insensible à mon pieux effort!
Oublie... abreuve-toi de chaste poésie!
Que ta lèvre y savoure encore l'ambroisie!

Et pour mieux t'endormir dans son ivresse, viens
Sous le ciel de Provence enserrer nos liens!
Oh, viens! nous monterons sur les hautes Alpines .
Aspirer des parfums dans les brises marines!
Nous irons méditer sur les bords du Réal,
Livrer nos cheveux noirs au souffle du mistral !
Viens ! nous verrons passer les jeunes farandoles,
Au son du tambourin glissant en banderoles !
Viens! le soir nous prendra dessous les cyprès verts
A chanter des tensons, à murmurer des vers !
Viens, nous visiterons les Baux, vieille ruine
Où le Poète ému passe, croit, et s'incline....
Viens! oh viens! nous mettrons notre barque à la mer !
Nous voguerons sans rame, au gré du flot amer,
Nous confiant au Ciel, et le Ciel vers la plage
La poussera le soir dans l'anse d'amarrage !
Et nous verrons Marseille, Hyères et Toulon....
Puis après, tous les deux revenus au vallon,
Nous trouverons l'abri d'une fraîche bastide,
Le calme pur des nuits, dans cette Thébaïde,
Les longs enivremens dans un air embaumé,
Et la prière au Ciel pour l'Ange bien-aimé !

Tu verras chaque nuit son étoile qui brille....

Tu croiras retrouver parmi nous ta famille;

Et quand nous aurons bien reposé ta douleur;

Bien rafraichi ton front, cicatrisé ton cœur,

Nous te dirons: « la gloire a pour toi bien des charmes,

» Eh bien , pars ! poursuis-la ! mais ne vois pas nos larmes, »

Et nous les retiendrons en mettant à ta main

Ton bâton de voyage aux ormeaux du chemin...

RÊVERIE SUR LE RÉAL.

RÊVERIE SUR LE RÉAL.

Flots légers du Réal, vous avez la voix douce,
Plus douce que le bruit du zéphyr sur la mousse ;
Plus douce que les chants du soir dans le lointain ;
Plus douce que le son de l'orgue qui s'achève ;
Et que le frôlement de l'oiseau qui s'élève ;
Flots légers du Réal, vous rendez l'âme au rêve,
  Au beau rêve de son matin !...

Je rêve... C'est l'enfant qui sourit et qui joue
Avant que de longs pleurs lui sillonnent la joue !...
C'est le mur du collége à gravir chaque soir...
C'est le vieux précepteur qui gronde l'indolence...
C'est le bal ! c'est le bal, où le cœur se balance ;
Puis, l'esquif frêle encor qui sur la Mer s'élance,
       Sous le ciel gris, sous le ciel noir !...

Je rêve... C'est le punch qui brûle et qui flamboie...
Aux chaudes voluptés c'est le cœur qui se noie ;
Puis désenchantemens, cris de doute, sanglots !..
Puis la gloire, fruit vert que sur l'arbre on envie !
Puis, c'est la liberté, déesse qui convie
A ses trois jours sanglans... et joue avec la vie
       Comme la lune avec les flots !...

Je rêve !... Voyez-vous tournoyer sur l'abîme
Une femme, une femme, innocente victime
Dont l'amour a déçu le pauvre cœur aimant !...
Réal, reflète-la dans ton onde si blanche !
Pour la revoir encor mon front rêveur se penche....
Réal, reflète-la cette fleur de pervenche,
       Comme une étoile au firmament !...

Je rêve... N'est-ce pas un bon Ange qui passe,
Dont l'aile est si soyeuse et jamais ne se lasse
A voltiger autour du poète chéri !...
Héléna... ses cheveux tombent en longues tresses;
Sa bouche a des soupirs, sa voix a des tendresses,
Son regard de doux pleurs, et ses doigts des caresses
    Comme une timide péri !..

Je rêve... N'est-ce pas un son de harpe sainte
Qui me vient du désert comme une tendre plainte ;
Et me dit d'élever mes hymnes vers le Ciel !..
Je rêve... C'est l'aurore après la nuit d'orage,
C'est le port désiré pendant le long naufrage,
C'est le prêtre au mourant disant encor : courage !
    Avec sa parole de miel !..

Flots légers du Réal, vous avez la voix douce,
Plus douce que le bruit du zéphyr sur la mousse ;
Plus douce que les chants du soir dans le lointain ;
Plus douce que le son de l'orgue qui s'achève,
Ou que le frôlement de l'oiseau qui s'élève ;
Flots légers du Réal, vous rendez l'âme au rêve
    Qui lui souriait le matin !..

Au pauvre voyageur bien las sur la falaise,
Donnez un peu de manne, et que sa fin s'appaise,
Ses bénédictions vous suivront au tombeau !
Réal, tes bruits d'amour sont la manne de l'âme,
Et les fleurs de tes bords sont les fleurs du dictame ;
Réal, tes flots d'azur refléchissent la flamme
    D'un soleil d'or toujours plus beau !...

Je rêve... Voyez-vous, la demoiselle vole
Comme le papillon, de corolle en corolle,
Puis revient sur les flots qu'elle rase en courant !..
Sa vie aérienne a des charmes sans nombre,
Elle boit la rosée, elle vit d'air et d'ombre ;
Et quand l'hiver approche avec son ciel plus sombre,
    Elle vole encore en mourant !...

Je rêve... Voyez-vous ce nid que l'onde berce,
Ce nid dans les glayeuls, où le soleil pur verse
Ses rayons bienfaisans, et Dieu sa charité ?..
Les petits sont joyeux dans leur nid, mais la mère
Chante sur le cyprès d'une voix bien amère,
Sans doute son époux, sur la terre étrangère,
    Boit l'air de la captivité !

Elle écoute s'il vient aux bords de la Sédelle ;
Puis gémit de nouveau, descend et bat de l'aile
Sur le duvet naissant de ses quatre petits ;
Son amour maternel les soutient en l'absence ;
Elle aussi fait pour eux un rêve d'espérance ;
Car le Dieu de bonté, dans sa toute puissance,
    Ne leur a pas crié : maudits !

Réal, j'aime à chanter tes vagues, tes murmures,
Semblables aux brisans des mers sur les amures...
Oh ! je viendrai souvent auprès de toi rêver...
Quand les feuilles d'automne, au vend du nord tremblantes,
Tombent des vieux ormeaux, jaunes, sèches et lentes,
et jonchent sur tes bords les mousses et les plantes,
    Et les fleurs pour les conserver !...

(De la Cascade de Châteaurenard).

7

L'ITALIE.

>o<

A M. Scipion Durourc.

L'ITALIE.

Quoi, si jeune, et déjà deux fois vous l'avez vue
Cette belle Italie, aimé de l'Occident,
Lascive, aux cheveux noirs, la gorge demi-nue?..
Vous avez aspiré son souffle fécondant?

Vous avez contemplé d'un regard de poète,
D'un amoureux regard, son front majestueux,
Ses lèvres de corail, l'or de sa bandelette,
    Son sourire voluptueux....

On dit qu'elle aime encore et les arts, et les fêtes,
Les masques et les bals, et les secrets d'amans;
On dit qu'elle aime à voir tourbillonner les têtes
            Et resplendir les diamans?..

Comme une courtisanne est-elle donc vendue
Aux rois de l'étranger, aux cardinaux romains?
A ce degré de honte est-elle descendue?
Son crucifix d'ivoire est-il froid dans ses mains?

Avez-vous vu couler des larmes sur sa joue?
A-t-elle un voile noir qui descend sur ses yeux?
Avec ce voile on dit que souvent elle joue,
Est-il bien vrai qu'il rend un son mélodieux

Quand le doux vent des soirs le soulève et le plisse?..
Son regard est-il pur et bleu comme son ciel?
Dites, pour vêtement porte-t-elle un cilice?
Sa voix est-elle encor douce comme le miel?

Avez-vous vu ses pieds, ses beaux pieds qui se baignent
Entre l'Adriatique et le cap Pazzaro?
On dit qu'ils ont des fers, on dit aussi qu'ils saignent
            Sous la main d'un lâche bourreau?...

A-t-elle un souvenir? a-t-elle une espérance?
Lit-elle quelquefois aux livres sybillins
Si l'avenir encor lui garde la vengeance
    Des Guelfes et des Gibelins?...

Étiez-vous ou Don-Juan ou Childe-Harold pour elle?
Effeuilliez-vous des fleurs sur son sein velouté?
Ou, chantiez-vous aussi sur la lyre immortelle
Ce nom qu'elle aimait tant autrefois : Liberté!

Oh! la femme lascive, allons, qu'elle se lève!
Qu'elle sécoue enfin ses fers de volupté!
Le tems a-t-il rouillé sa cuirasse et son glaive,
    Son glaive d'airain redouté?

—

En Sicile où l'Etna ne lance plus de flammes,
Où l'on endort sa vie en de folles amours,
Sous ce ciel de saphir où s'énervent les âmes,
Du nom de Procida se souvient-on toujours?

A Naples, où la mer bruït avec mollesse,
Où l'on ouït chanter les plus douces des voix,
Le peuple, dans ses nuits de fête et d'alégresse,
A Masaniello pense-t-il quelquefois?

A Venise entend-on, parmi les sérénades,
Des mots mystérieux, comme des souvenirs
D'un passé déjà loin?.. Voit-on sous les arcades
Luire un stilet brillant près du pont des Soupirs?

Et quand le gondolier chante sa barcarolle,
Ou rêve avec amour au rendez-vous du soir,
Voit-il des mots de feu gravés sur sa gondole
    Qui le font tressaillir d'espoir?

A Modène, où la vie est monotone et sombre,
Où devant un palais on baisse les regards,
Au seuil de Menotti n'entend-on pas dans l'ombre
Les soirs des jours d'automne aiguiser des poignards?

Dit-on Guide à Bologne, et le Tasse à Ferrare?
Michel-Ange à Florence? à Naples, Salvator?
Dante a-t-il un tombeau de marbre de Carrare?
    Et Raphaël un tombeau d'or?

Où, du grand Canova l'œuvre est-elle vivante?
Dans Arezzo Pétrarque a-t-il un saint autel?
Le nom de Rientzi, sur la toile mouvante,
    Se conserve-t-il immortel?

Voit-on dans Rome encor les fresques de Saint-Pierre,
Les coupoles, où l'art s'est fait grand comme un dieu?
Des murs du Panthéon reste-t-il une pierre?
Pleure-t-on quand on dit : Ma vieille Rome, adieu!

Pise a-t-elle toujours sa Tour, le Campanille,
Et son Campo-Santo dont la mort fit sa ville?
Milan, sa Cathédrale où l'empereur pria?
          Gênes, son palais Doria?

Surtout avez-vous vu dans vos pélerinages,
L'homme grand, l'homme fort, l'homme saint, Pellico?
L'homme dont le nom pur traversera les âges
          Porté par un pieux écho?—

Scipion, versez-moi dans l'âme vos paroles!...
Oh! je les retiendrai long-tems au souvenir;
Comme un frère quêteur sait garder les oboles
          Qu'un pontife vient de bénir!...

UNE SŒUR.

Pour quelqu'un que jamais ne nomme ma prière,
    Je prie en secret chaque soir ;
Ce n'est point un ami, c'est bien plus.... c'est un frère,
Puisse ce nom si doux calmer son désespoir....

               (HÉLÉNA)...

UNE SOEUR.

Quand j'étais jeune et folâtre,
Que je ne venais à l'âtre,
Jamais que les soirs bien tard ;
Que j'errais par la campagne,
Gravissant chaque montagne
Pour jeter loin mon regard ;

Que je parcourais en plaine,

Bien souvent à perdre haleine,

L'oiseau gris au colier blanc;

Ou qu'avec mes camarades

Je jouais aux barricades

Et lançais un cerf-volant....

Lors, avec tristesse amère,

Je demandais à ma mère :

« Pourquoi n'ai-je point de sœur?

» Maman, si j'en avais une,

» Une seule, blonde ou brune,

» Aux yeux bleus pleins de douceur,

» Vois-tu, je serais plus sage

» Que les enfans de mon âge;

» Je suivrais toujours ses pas....

» Tu me l'as dit: elle est morte...

» Pourquoi pleurer de la sorte?

» Maman, ne pleure donc pas !

» Elle s'appelait Jennie....

» A peine elle fut bénie

» Par un vieux prêtre, à l'autel ;

» Qu'elle s'en allât, petite,

» Où l'Ange-Gardien habite,

» Dans les beaux palais du Ciel...»

Et ma mère tout en larmes

A ce souvenir d'alarmes,

Baisait mon front et mes yeux....

Et depuis, cette pensée

De sœur, ne s'est effacée

Jamais au sein de mes jeux. —

—

Plus tard quand vinrent les orages,

Les orages d'un cœur aimant,

Je la cherchais dans les nuages

Et dans l'azur du firmament ;

Dans les étoiles scintillantes,

Dans les cascades ruisselantes,

Dans les forêts, dans les vallons,

Et chaque nuit de rêve en rêve,

Sur la falaise et sur la grève,

Ma belle sœur aux cheveux blonds !

Une sœur, une sœur chérie,
Rien ne la remplace ici-bas ;
A vos maux elle est attendrie ,
Ses pas légers cherchent vos pas !
Appuyant sa main fraiche et blanche
Sur votre front, elle se penche
En vous disant : « frère, qu'as-tu ?
» Puis-je consoler ta souffrance ?
» Et te redorant l'espérance
» Relever ton front abattu ?

» Parle, je sais quelque mot tendre
» Qui te fera tout oublier !
» Ami, laisse-moi te comprendre ;
» Tes pleurs, je veux les essuyer.... »
Alors votre âme épanouie
Verse sa douleur inouie
Dans un bon cœur compatissant ;
Vous souffrez moins de la blessure ,
Et votre sœur chaste et si pure ,
Y passe un baume assoupissant !

Puis, quand d'autres soucis vous viennent,
Car, dans ce monde, abyme impur,
Les chagrins aux chagrins s'enchainent,
Rarement le Ciel est d'azur ;
Rarement dans cette fournaise
Le voyageur marche à son aise
Sans être à chaque instant heurté,
Meurtri, brisé, couvert de boue...
Car le destin ainsi se joue,
Et, jeune, on est désenchanté !

Alors, une sœur est encore
L'être qui vous fait croire aux Cieux ;
Qui s'agenouille, et vous implore
D'un son de voix harmonieux ;
Vous priez pour la satisfaire,
Et la prière vous éclaire
Ainsi qu'un rayonnant flambeau ;
Vous sentez dans votre poitrine
Un parfum d'essence divine ;
Vous ne penchez plus au tombeau !

8

Sous ce doux ciel d'amour où l'âme est plus aimante,
Où vient de me pousser le flot de la tourmente,
Loin de tous ceux que j'aime et de mon seuil natal,
Je sens plus le besoin d'une sœur tendre et bonne
Qui m'aimerait bien plus encor, plus que personne,
    Et viendrait au moindre signal,

Me disant ; « Dans l'exil une larme est amère,
» Sans doute, mais viendra quelque beau jour, mon frère,
» Sois fort, sois courageux ! ne te désole pas !
» Oui, quelque jour viendra qui, ravissant ton âme,
» Sera plus doux pour toi que n'est doux le dictame ;
    » Soutiens-toi sur mon bras !

» Vois, comme tout est beau par les champs. La verdure
» Repose l'œil le soir ; allons, que ta figure
» Me sourie, et qu'ainsi je ne t'entende plus
» Parler de deuil, de mort, de pressentiment sombre !...
» Mon frère, on est bien là, n'est-ce pas, sous cette ombr
    » De saules chevelus ?..

Alors se serait vivre et sentir l'existence. —
Une sœur, une sœur, pour consoler l'absence,
Où la trouver ? à qui m'adresser pour cela ?..
Oh ! tous ces cœurs sont froids, glacés, sans énergie ;
Aucun ne comprendrait ma rêveuse élégie,
            Aucun ne dirait : me voilà !

Une sœur, une sœur, avec ses lèvres roses
Murmure avec amour de si touchantes choses ;
Son regard vous entend, même il vous répondra ;
Et quand vous faites mal, vous souffrez plus encore,
En songeant que quelqu'un de pur qui vous adore
            Peut-être le saura !..

Vous devenez meilleurs, ainsi, vous autres frères,
Qui pour vous consoler avez des sœurs bien chères,
Combien je vous envie ! oh ! que je fais un veu !..
Je mourrai sans entendre une voix qui me dise :
« Frère, tu m'attendras dans la terre promise,
            » Je te suivrai dans peu !.. »

Oh ! c'est triste à songer , à couver sa pensée ,
A rappeler ainsi d'une voix oppressée !..
Mais passer là tout seul dans le vallon en fleur ,
Tout seul... et l'on a tant, à l'âme, de tendresse
Qu'on voudrait épancher, oh ! sans cesse... sans cesse,
Dans l'âme d'une sœur !...

STANCES

A Gustave Drouineau.

STANCES

A Gustave Drouineau.

Dans ce siècle maudit, fait d'airain et de fange,
Heureux qui peut chanter une sainte louange,
Un Hosannah sublime, en creusant son sillon;
Gloire à lui dans le tems! gloire à lui dans l'espace!
Car on ne dira pas c'est un torrent qui passe
　　　Sous un orageux tourbillon,

Emportant en son cours notre moisson germée,
Qu'un soleil de printems, de sa flamme embaumée,
Sur les coteaux rians aurait bientôt mûri;
On dira : c'est un fleuve au flot clair et limpide,
C'est un lac bleu de ciel n'ayant pas une ride,
  Un lac au rivage fleuri. —

Il est beau d'émonder les longs sentiers d'épines
Qui cachent à nos yeux parmi tant de ruines,
Le temple rajeuni de la sublime Foi !
Il est beau de braver les clameurs d'ironie....
Oui, Poète, il est beau d'allumer son génie
  Aux flambeaux du Ciel, comme toi !

Rouvre aux mortels blasés des voluptés immondes,
L'Évangile, ce livre où liront tous les mondes,
Ce livre de la loi du fils d'Adonaï !
Des harpes de Sion ta lyre a quelque corde
Vibrant un son de paix et de miséricorde
  Comme un écho du Sinaï !

C'est qu'elle est le reflet d'une âme chaste et tendre ;
Il est doux de l'aimer, il est doux de l'entendre :
Elle remue en nous ce qu'il reste d'amour.
C'est qu'en puisant au fond de la vaine science,
Ton cœur est resté pur comme ta conscience,
        Pur comme un beau soir de beau jour !...

Pour tant aimer, prier, chanter, pleurer et croire,
N'as-tu pas accompli l'épreuve expiatoire ?
Il t'a fallu passer au filon du malheur !
Il t'a fallu lutter, long-tems, long-tems sans doute...
Avoir froid, avoir faim dans cette aride route,
Pour tourner tes regards vers un monde meilleur !

Et l'espérance entra dans ton âme soumise ;
Colonne lumineuse, à la terre promise
Elle attira tes pas.... et ton génie ardent
Versa dans tes romans, plus beaux que des poëmes,
Des paroles d'amour en place de blasphêmes ;
Et ta voix étonna ce siècle indépendant.

Oh! c'est qu'il faut souffrir pour ennoblir la vie!
Le poète inspiré que le vulgaire envie
Se traîne tout brisé de douleurs en douleurs!...
Mais s'il lui vient parfois une fraîche rosée,
Il se relève ainsi qu'une fleur épuisée
Dont un rayon d'aurore avive les couleurs!...

N'est-ce pas qu'il est doux de vivre avec ces rêves
Qui poussent notre esquif sur de lointaines grèves,
Où nous voyons de près l'azur du firmament;
Des anges à chérir dont les soyeuses ailes
Frôlent autour des fleurs, et dont les étincelles
Sont des reflets d'opale et de pur diamant?

Tandis que croupissant en des fanges stagnantes,
Nous montrant sans pudeur leurs blessures saignantes,
Aux lueurs d'un punch bleu dansant comme au sabbat,
Les êtres affamés d'orgueil et de débauche
Se livrent sans pudeur au remords qui les fauche,
Et tord leur bras hideux sur leur impur grabat.

Ils veulent tout flétrir dans leurs plaisirs infames ;
L'ulcère de leurs corps a dévoré leurs âmes ;
Ils ont contaminé jusqu'à leur avenir.
Le néant est leur dieu, leur foi, leur espérance ;
Ils ont vu tournoyer au sein de leur souffrance,
Tout, terre et ciel, le jour, la nuit, le souvenir.

Oh ! quelle soif a donc fait jaillir cette fièvre ?
Aussitôt que la coupe où s'abreuve la lèvre
Présente à sa surface une goutte de fiel,
On la rejette au loin, et l'on brise le vase ;
Et des feux de l'enfer le cœur souffrant s'embrase,
Si l'on n'y trouve pas d'abord un peu de miel.

Oh ! malheur éternel ! démence inexplicable !
On perd ainsi la foi, cet amour ineffable !
Et l'orgueil vient, l'orgueil qui passe au froid scalpel
D'une philosophie égoïste et vulgaire
Toutes les vérités du Ciel et de la Terre ;
Reniant tout pouvoir, tout culte, tout autel !

On ne croit plus qu'aux sens, qu'aux passions mondaines,
Qu'aux frivoles plaisirs, illusions soudaines,
Qui font jaillir bientôt un cri de désespoir;
Et se précipitant, aveugle, dans l'abîme,
On croit sonder le fond, on surnage victime,
Et l'horizon toujours se déroule plus noir !

C'est à nous rendre tous abrutis, oh ! c'est triste !
C'est donc un jeu d'enfer auquel chacun assiste ?
C'est donc tout ravaler au niveau le plus bas ?
Aussi qu'avons-nous vu ? tout être d'âme ardente
Souffrant mille fois plus que les damnés du Dante,
Demander à la mort si Dieu n'existait pas !

C'est la déception qui les pousse à la tombe ;
Le siècle soulevant cette funèbre trombe ;
Quelle voix forte enfin, s'écriera : c'est assez !
Assez de corps jetés dans le fonds de ces fosses,
Aux joyeux aboîmens des meutes de molosses,
Aux cris d'indifférens qui disent : insensés !

Oh ! la triste cité qui brûle, qui foudroie
Ces jeunes cœurs souffrans dont elle fait sa proie !
Impure Babylonne où tout va s'engloutir !
Mon Dieu ! quelle pitié que tant de belles âmes
Soient éteintes au sein de ces immondes flammes,
Sans un espoir du Ciel, un vœu de repentir !

Mieux vaut fuir l'œil baissé sur des rives désertes,
Où des livres sacrés les pages sont ouvertes,
Où l'on n'entend jamais vibrer les voix du mal,
Ni les échos lointains des trônes qui s'écroulent,
Des temples renversés et des peuples qui roulent
Sur la terre d'exil comme un char sépulcral !

Mais où viennent chanter de chastes voix de lyre,
Endormeuses d'amour, et qui nous font sourire
Aux préludes des Cieux, aux espoirs du pardon ;
On sent battre son cœur de joie, on s'agenouille ;
D'un pleur limpide et doux l'œil consolé se mouille ;
La foi nous vient d'en haut comme un céleste don !

Qu'importe que l'on dise : il est fou, le poète !
Qu'importe ! s'il retrouve en sa calme retraite
Des rêves vainement cherchés dans la cité !
A ces clameurs d'en bas, il détourne la tête ;
Il s'est fait pour lui seul un avenir de fête ;
Un bel horizon d'or, un palais enchanté !

Gustave, revets-toi d'ombre et de doux mystère
Au bord de l'Océan, loin des bruits de la terre,
Le monde t'a blessé d'un sarcasme moqueur ;
Mais ton nom resplendit ainsi qu'une auréole
Dans quelques cœurs pieux dont la voix te console
        Et qui sont dignes de ton cœur !

Gustave, écoute-les ! puis, lève toi sublime
Après avoir long-tems rêvé ton œuvre intime !
Révèle ta folie aux docteurs de nos jours,
Qui n'ont qu'un lingot d'or pour Dieu, pour froide idole,
Fais-les rougir du moins à ta sainte parole
        Si féconde en accens d'amour !

UN PRESSENTIMENT.

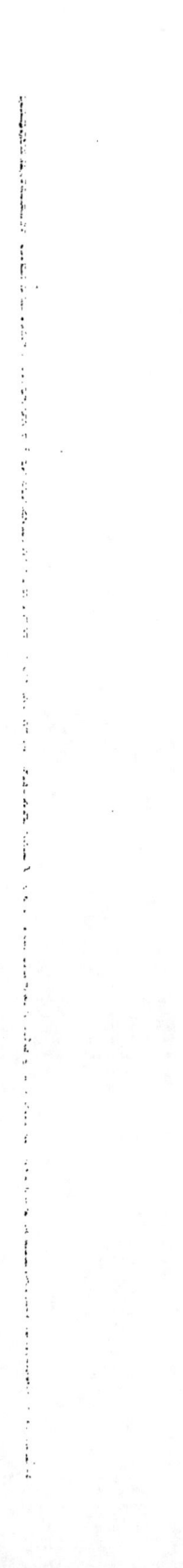

UN PRESSENTIMENT. [1]

Sur des chemins de fleurs, vole coursier rapide !
Épargne quelques soins à la main qui te guide !
    Hennis d'amour ! hennis d'orgueil !
Roule, roule ton char sur le thim balsamique !
C'est un si beau matin ! la brise aromatique
    Berce en jouant le chévrefeuil !

9

L'aube a tant de douceur ! tout rayonne de joie !
Vole, coursier léger ! vole ! poursuis ta voie !
     Deux femmes sont là sur ce char ;
Puis deux jeunes enfans aux regards de tendresse,
Qui n'ont bu dans la coupe encor que l'alégresse,
     Encor que miel et que nectar !

Deux femmes aux fronts purs... l'un riant à la vie ;
L'autre pâle et si doux... tous deux à faire envie ;
     Tous deux à donner des bonheurs ;
Des rêves de l'Éden... Puis sur leurs lèvres roses
Fraîches de poésie, et tour à tour mi-closes,
     Passent des mots consolateurs.

L'une est mère... elle voit ses enfans qu'elle admire,
Dans ses bras, sur son cœur, sur ses genoux sourire ;
     Mais soudain un tressaillement
La saisit.... une larme a roulé sur sa joue ;
Pourtant elle caresse, et pourtant elle joue,
     Pour cacher un pressentiment.

L'autre femme est Clara, sa sœur de sympathie ;
Je craindrais de blesser d'un mot sa modestie ;
          Le Luth des Séraphins encor
N'a pas de mélodie assez tendre pour elle...
Rien n'est à comparer à son âme si belle
          Qu'une agathe en un chaton d'or....

Écoutez ses accents : « Oh ! chasse donc ce rêve !
» N'y songe plus, amie ! et que ton œil s'élève
          » Au ciel du printemps !.. que ton cœur
» S'ouvre à son bel azur ! tes enfans sont des anges ;
» Quelles voix n'ont pour toi des concerts de louanges ?
          » Rien ne te penche à la douleur ;

» Ton époux, ton amie, ont d'intimes tendresses
» Pour donner plus de sève à ton cœur ! Leurs caresses,
          » Oh ! dis, qui ne les envîrait ?
» Heureure mère, épouse, amie, oh ! sois donc fière,
» Ne rêve pas ainsi des pleurs sous ta paupière ;
          » Ni deuil qui nous tûrait !

» La brise de Provence est toute parfumée !

» Nous avons salué la Mer... vois la fumée

             » Des toits d'Arles qui monte aux cieux !

» Il t'attend ; souris donc... voici le pont du Rhône !

» Comme cette eau qui court est limoneuse et jaune ,

             » Clara , détournons en les yeux ! »

Elle disait cela.... mais un instant s'écoule ;

Voyez aux bords du Rhône accourir cette foule !

             Des cris de douleurs sont vibrés !

Pêcheurs et matelots plongent dans les abîmes ;

Ils cherchent à sauver du moins quelques victimes....

             Puis remontent désespérés !...

Oh mon Dieu ! ce serait... fatalité ! ce rêve

Accompli.... quoi déjà ? ce peuple sur la grève ,

             Quels noms vient-il de prononcer ?

C'est leurs noms ;—quel est-il cet homme lamentable

Qui se meurtrit le front , se roule sur le sable ,

             Dans le Rhône veut s'élancer ?

Entraînez-le loin, loin d'un spectacle funeste !..
La mère, les enfans et Clara ; rien ne reste :
    Ils sont engloutis dans les flots !
Mais, ne voyez-pas ? quelque chose surnage.....
Une femme ! une femme ! allons, plus de courage !
    Plus de courage, matelots !...

Elle veut s'accrocher, elle lutte, elle espère.....
Elle porte un fardeau ; — sans doute c'est là mère
    Qui sauve ses jeunes enfans ;
Sauvez-la ! sauvez-les ! à la nage ! à la nage !
Tout disparaît encore.... et la foule au rivage
    Pousse des sanglots étouffans !...

On retire un cadavre où deux autres s'enlacent...
C'est Clara... puis ce sont les enfans que s'embrassent,
    Mais pâles, froids, inanimés !
Elle les serre encor d'une main, quoique morte ;
Hélas ! pour les sauver l'étreinte était si forte,
    Que tous ses nerfs sont comprimés !...

Céleste dévoûment !.. oh ! les pauvres victimes !
Cherchez encor ! sondez le fond de ces abimes !
    Il manque un cadavre.... plongez !
Ceux-là du moins auront une tombe pieuse ;
Une croix tout auprés ; de cyprés et d'yeuse,
    Tous trois ils seront ombragés !

Mais ne les couvrez pas tout à fait du suaire !
N'allumez pas encor le flambeau funéraire !
    Le flambeau du dernier adieu !
Espoir ! espoir ! déjà leurs membres se dilatent !
Appuyez sur leurs cœurs vos mains, sentez ! ils battent....
    Ils seront donc sauvés, mon Dieu !

La Mère... gardez-vous d'un seul mot qui révèle
Son destin à quelqu'âme aimante qui l'appelle !
    Que ce soit du moins par pitié !
Elle dort.... que vous fait de quel sommeil ? silence !
Ne venez pas troubler une sainte espérance,
    Un vœu consolant d'amitié !

SOUVENIR DE VAUCLUSE,

A Victor Courtet.

SOUVENIR DE VAUCLUSE;

A Victor Courtet.

>==<

Victor, je suis enfin venu toucher ton seuil ;
Il s'est ouvert pour moi, pour moi, pauvre âme en deuil ;
Ton père m'a souri d'un paternel sourire ;
Et tes pieuses sœurs, doux anges qu'on admire,
M'ont accueilli comme on accueille un frère aimé ;
De leur voix si touchante elles m'ont embaumé ;

Elles m'ont dit les jeux de ta fougueuse enfance,

Tes chagrins à quinze ans, tes rêves d'espérance;

Et je les écoutais faire des vœux pour toi,

Pour toi, qui sais aimer et souffrir comme moi;

J'étais ému, Victor, et sur ton vieux pupitre

J'aurais voulu t'écrire une suave épître,

Une douce élégie... Eh bien, mon cœur alors

N'a pu mélodier ses lyriques accords. —

Oh! j'étais trop ému. L'âme a de ces extases

Qui ne s'exhalent pas en harmonie, en phrases;

Qui se gardent au sein, qui font long-tems rêver,

Et que l'on ne doit plus ici-bas retrouver.

Après avoir ainsi, de ma vie à la tienne,

Mêlé les souvenirs d'une enfance chrétienne;

Le regard larmoyant, pensif, j'ai visité

L'Isle, ceinte de flots, orgueilleuse cité,

Avec ses boulevards qu'ombragent les platanes,

Son église romaine aux peintures toscanes,

Aux autels reluisans, aux tableaux brodés d'or;

Église qu'on croirait italienne encor!...

Puis, vers le soir, alors qu'une brise attendue,

Sur les flots et les fleurs est enfin descendue,

J'ai quitté la Cité, j'ai serpenté les bords
De ta Sorgue chérie, avec de saints transports!....
Ami, comme aux coteaux des Alpes, à Charance,
Aux vallons d'Évaras, du Drac, de la Durance,
Oh, que n'étais-tu là? ton pas guidant mon pas;
Causant et devisant, et répétant tout bas
Un nom qui pour mon cœur est encore un mystère;
Un nom caché dans toi comme en un sanctuaire;
Victor, tu m'aurais dit avec amour les chants
Majestueux et doux, sublimes et touchans,
Consacrés à Vaucluse, à ta Vaucluse chère;
Car tu l'aimes autant qu'un fils aime sa mère....

C'était un des beaux soirs parfumés du midi,
Après un jour brûlant, quand l'air est attiédi;
Quand les derniers rayons du soleil se reflètent
Sur les monts escarpés, qui pleins d'orgueil revètent
Leurs écharpes de feu, leurs turbans pailletés;
Oh! c'était un beau soir des plus brillans étés!
Mon regard contemplait une immense étendue;
Jusqu'au Mont-Liberon dont la cime est ardue,

Les coteaux d'oliviers semblaient de verts tapis
Dorés à leurs contours par des champs sans épis,—
Et devers l'Occident la plaine diaprée,
Fascinait l'œil, rendait l'âme toute enivrée....
C'était un beau spectacle à voir, rêveur, assis
Sur la Pelouse, au fond des vallons obscurcis,
Arrosés par la Sorgue au versant de Vaucluse;
C'était un de ces soirs de bonheur, où la Muse
Visite intimement ses élus inspirés,
Et leur donne des chants d'amour, inespérés!
La Sorgue bruïssait, et ses blanches ondées,
Nonchalantes passaient, légèrement ridées,
Le Ciel à son couchant, fleuve d'or et d'azur,
Rayonnait flot par flot dans un flot aussi pur!

Là, d'un doux souvenir berçant ma rêverie,
Je revoyais Pétrarque et sa Laure chérie;
Sa Laure (2), noble femme, au cœur chaste et pieux.
Dont les regards divins étaient levés aux Cieux;
Sa Laure.. Ange parmi les anges de la terre;
Dont l'amour inspirait le pauvre solitaire....

O Pétrarque ! le monde a retenu ton nom ;
A chaque grande lyre un mélodieux son
A retenti pour toi, pour toi sensible et tendre
Dont l'accord si magique ici s'est fait entendre...
O Pétrarque, à mon tour j'aimais à répéter
Les sonnets où ton cœur vient tout se refléter !...

Oui, ton amour si pur fut une douce chose ;
Comme un souffle ternit une feuille de rose,
De même en y pensant on craint de le ternir ;
C'est un amour du Ciel qu'on ne peut définir
Si l'on n'a pas aimé comme toi quelque Laure ;
Non cet amour n'est pas un brûlant météore,
Un orage, un torrent, un effréné désir,
Ambition des sens qu'on veut toujours saisir !
Oh ! pour bien le comprendre, il faut être poète,
Poète au fond de l'âme, avoir dans la retraite
Gardé long-tems, long-tems une image en son cœur,
Que nul n'a pu flétrir d'un sourire moqueur ;
Avoir caché le mot d'une énigme dans l'ombre ;
Avoir pleuré souvent, et souvent, le front sombre

Avoir rêvé mourir pour retrouver aux Cieux
Celle qu'un monde vain éloignait de nos yeux ;
Puis, aux pieds des Autels avoir fait sa prière,
En essuyant un pleur tombé de la paupière ;
Mêlant au nom de Dieu, de Jésus et des Saints,
Un harmonieux nom, qu'un jour les Séraphins
Chanteront dans sa gloire et sa majesté pure ;
Un nom que dans nos nuits l'Ange-Gardien murmure.

O Victor ! n'est-ce pas que ce sublime amour,
Aussi frais qu'une fleur au matin d'un beau jour,
Fait vivre dans le Ciel ? reste gravé dans l'âme ?...
Si d'un terrestre amour s'éteint bientôt la flamme,
Celle-là brûle encor jusque dans le cercueil,
Quand nos amis en pleurs couvrent leurs fronts de deuil.

Je trouvais un doux charme en cette rêverie ;
Je m'étais oublié sur la rive fleurie....
Des noms d'anges passaient, repassaient dans mon cœur
Comme des souvenirs sans remords, ni douleur.—

Étrange vision d'intime poésie,
Dont notre âme souffrante est quelquefois saisie,
Et dont on aime encore à se ressouvenir
Quand la feuille des bois commence à se jaunir ;
Quand à nos yeux, le soir l'horizon devient sombre,
Ou quand le vert palmier ne projette plus d'ombre...

Adieu, Victor! un jour nous en reparlerons
Quand sur le même esquif tous deux nous voguerons!

STANCES.

A Marius Poulet.

✿

Abandonné de l'espérance ,
Je courbais la tête en silence ,
Et suivais mon triste chemin.
Au son d'une harpe chrétienne
Je m'éveillai ; -- c'était la tienne...
Ami, tu me tendais la main.

M. P....

STANCES

A Marius Poulet.

∞

Sur les bords du Réal qui murmure à l'ombrage,
Combien je l'ai relu ton poétique hommage,
    Et qu'il m'a bien parlé de toi !
De toi, si bon, si tendre et si triste à la vie,
Qui n'as pas dans tes jours un jour à faire envie,
    Et qui viens pleurer près de moi !

Souffrir, c'est le destin des âmes généreuses ;
C'est l'épreuve, ici-bas, sur ces grèves brumeuses ;
     Rien qui soit grand sans la douleur !
La lutte est longue ainsi depuis le premier homme ;
Que de voix ont crié, du géant à l'atome,
     Malheur ! malheur ! cent fois malheur !

Tout a crié malheur ! l'oiseau dans la feuillée ;
L'insecte sous les plis d'une rose effeuillée ;
     Le grand aigle aux plaines des airs ;
Les tigres dans le fond des arides savanes ;
Les chameaux haletans parmi les caravanes ;
     Le lion roi dans les déserts !

Souffrir, toujours souffrir ! oh ! mais les grandes âmes
S'épurent au malheur comme l'or dans les flammes,
     Comme au creuset le diamant ;
Et le cœur qui résiste en bravant la souffrance,
Entend vibrer en lui des notes d'espérance,
     Comme un écho du firmament.

Voilà la poésie en ses sources fécondes ;
Elle jaillit en feux, elle s'élance en ondes
      Du cratère long-tems fermé ;
Oh ! ce n'est point alors le marteau ni la lime
Qui pourraient la créer ainsi, sainte et sublime,
      C'est le cœur enthousiasmé ;

C'est la foi, le délire ardent et prophétique ;
La gloire, instinct du Ciel ; l'amour patriotique ;
      L'amitié qui pleure nos pleurs ;
Tous les sentimens purs qui dans l'homme fermentent
Qu'on ne peut étouffer alors qu'ils s'alimentent
      Aux vibrations des douleurs...

Oui, c'est la Poésie... elle est en toi vivante !
Eh bien ! pour consoler ton cœur qui souffre, chante !
      Comme Chatterton et Gilbert
Ne laisse pas pencher ton front rêveur et pâle !
Relève-le plus fier sous l'ardente rafale !
      Plus beau de ce qu'il a souffert !

Oh ! chante ! n'as-tu pas pour inspirer ta harpe,

Quelque femme aux yeux bleus dont la soyeuse écharpe

Joue au vent, et frôle en tes nuits ?

Quelque rêve qui chasse et rechasse les ombres

De tes jours de labeur, et de tes veilles sombres ;

Et qui parfume tes ennuis ?...

Ou, si tu veux plonger tes avides pensées

Aux fastes de l'histoire, aux grandeurs éclipsées,

Recuille-toi sur les débris

Qu'Arles garde en son sein comme en un sanctuaire !

Interroge le tems sur ses pages de pierre

Demande à l'Obélisque gris,

Aux Arènes debout, aux Palais, au Théâtre,

Leurs secrets du passé, quand la foule idolâtre

Bruissait à leurs pieds poudreux !

Rêve dans l'Aliscamp sur les poussières mortes

Des empereurs Romains, de leurs grandes cohortes,

De leurs esclaves malheureux !

Ou plutôt, va prier, poète, à Saint-Trophime !
Oui, va t'agenouiller ! Que la prière intime
      Élève ta pensée au Ciel !
Parcours le Cloître saint entre les choses saintes,
Où la foi du Seigneur éteignit tant de plaintes
      Et fit trouver doux tant de fiel !

Le Cloître, œuvre sublime, œuvre si fantastique,
Livre toujours ouvert d'un génie extatique,
      Qu'il faut lire et voir mille fois,
Mille fois contempler d'un regard de poète,
Car tout le moyen-âge au Cloître se reflète,
      Et les pierres ont une voix ! (3)

Ou bien, fuis la cité ! fais ton pèlerinage
A Mont-Majour, débris aussi du moyen-âge,
      Que les Elgins ont dépouillé !
A ces profanateurs lance ton anathême !
Comprends encore ici les chants d'un grand poëme !
      Que ton œil d'un pleur soit mouillé !

Puis reviens-t'en le soir, reprendre à ton collége
Ton fardeau de douleurs que l'espérance allége,
      Et songer à ton pauvre ami !
Retrempée à l'amour sous ce ciel poétique,
Que ton âme réponde à l'âme sympathique,
      Qui, comme la tienne, a gémi !

Alors, te relevant plus fier, plus intrépide,
Tu briseras bientôt ton bâton d'invalide !
      Quelques fleurs croîtront sous tes pas !
Ton horizon brumeux deviendra blanc et rose ;
Et la voix des douleurs dans ta poitrine éclose
      Désormais ne vibrera pas !

MAGUELONNE.

MAGUELONNE.

Pour le front de ta patrone,
Qu'as-tu fait de ta couronne,
    Maguelonne,
De ta couronne de fleurs?
En venant à la chapelle
Quel vent a soufflé sur elle
Pour en flétrir les couleurs?

Crois-tu qu'elle te pardonne,
Et t'exauce, ta patronne,
  Maguelonne,
Quand tu reviendras prier?
Prier pour le pauvre Pierre,
 Et qu'à genoux sur la pierre
Il faudra t'humilier?

Ne crains-tu pas qu'on soupçonne?
Et si Pierre t'abandonne,
  Maguelonne,
Jeune fille aux cheveux noirs,
Nul n'aura miséricorde,
Ni la pitié qu'on accorde
Aux plus profonds désespoirs!

Si le mistral tourbillonne,
Si l'éclair luit et sillonne,
  Maguelonne,
Dis-moi que deviendras-tu?
Ce n'est pas en vain qu'on joue,
Et qu'on laisse dans la boue,
Sa couronne de vertu.

Un soir lugubre d'automne,
Ce souvenir t'empoisonne,
    Maguelonne,
Pierre te surprit en pleurs,
Toute froide, toute pâle,
Exposée à la rafale,
Et mourante de douleurs;

Il te donna pour patronne
Cette sainte qui rayonne,
    Maguelonne,
Priant aux pieds de la Croix;
Il t'offrit une autre mère,
Et tu l'appelais ton frère,
Avec amour dans la voix;

Et tu partageas l'aumône
Que par charité l'on donne
    Maguelonne,
A la veuve, à l'orphelin;
Tu devins sa fiancée....
Et sa mère trépassée,
Tu pris sa robe de lin.

Et pendant que vers le Rhône ,
Le pauvre Pierre moissonne ,
        Maguelonne ,
Quelques grains pour te nourrir ;
Toi , jeune fille , tu souilles ,
Et ses fleurs et ses dépouilles
Sans songer au repentir.

Entends-tu le Ciel qui tonne ?
Le glas funèbre qui sonne ,
        Maguelonne ? —
Et le lendemain , au seuil
De la demeure de Pierre
Gisait sur un banc de pierre
Une morte en un cercueil. —

AU POÈTE REBOUL,

De Nimes.

———◦—◦—◦———

Ne t'étonne donc pas qu'un ange d'harmonie
    Vienne d'en haut te réveiller ,
Souviens-toi de Jacob ! les songes du génie
Descendent sur des fronts qui n'ont dans l'insomnie
    Qu'une pierre pour oreiller !

(LAMARTINE A REBOUL.)

———

AU POÈTE REBOUL,

De Nîmes.

Barde inspiré d'amour au ciel d'Occitanie,
Tu ne mendias pas les palmes du génie,
Mais la gloire est venue à ton foyer s'asseoir,
Et parfumer d'encens tes veilles, chaque soir !
Mais tous ceux dont les cœurs sont poètes encore,
Tous les enfans des arts que l'art brûle et dévore,

11

Viennent à ton foyer te dire : Sois béni,
Toi que nul frotement du monde n'a terni !
Toi, qui pur et sublime, après ton labeur, chantes
Le nom d'Adonaï dans tes hymnes touchantes !
Sois béni ! Lamartine a célébré ton nom !
Il vivra glorieux dans notre Panthéon,
Au-dessus des partis, que refoule et refoule
Dans la fange des cours la vagissante houle !..
Car ton regard pieux plonge dans l'avenir ;
Car ton cœur n'a gardé nul amer souvenir ;
Car de l'humanité tu vois la plaie immonde
Que nul ne cicatrise, et n'embaume et ne sonde !..
Apôtre de la foi, mage de nos vieux jours,
Oh ! vers ton noble but marche, marche toujours !
Non pas comme le juif Ahasvérus, sans doute,
Qui suivait sans espoir son éternelle route ;
Qui du Christ sous la croix railla le cri de deuil
Et qui traine sa vie errante sur l'écueil ;
Mais ainsi que le Mage, aux lueurs d'une étoile
Qu'aucun nuage noir à ton regard ne voile ;
Oh ! marche ! et de ta foi le sublime flambeau
Jetera ses rayons plus loin que le tombeau !

Qui donc t'a révélé les paroles des Anges,
Ces sons harmonieux, extatiques louanges,
Échos du ciel d'amour, de l'Éden des élus,
Que dans nos tristes jours on croyait n'ouir plus ?
Oh ! fais-les retentir, poète, ces cantiques,
Ces accords recueillis des cythares antiques !
Que le siècle étonné les écoute à genoux,
Comme une voix qui vient de David jusqu'à nous !

Souvent pour t'inspirer tu courus, solitaire,
T'asseoir aux bords des flots, loin des bruits de la terre ;
Ou, tu priais, ému, rêveur et l'œil baissé,
Devant ces monumens que l'histoire a laissé
Dans ta cité natale.... Au temple de Diane
Où parmi les débris serpente la liane ;
Aux Arènes, cette œuvre immense des Romains ;
Sur leurs gradins déserts, où, par cent mille mains,
Les peuples acclamaient au plus sanglant spectacle...
A la Maison carrée, illustre tabernacle,
Qui garde à son fronton, comme à son piédestal,
L'empreinte d'un ciseau sublime, oriental,

Qu'on ne retrouve plus de nos jours, où l'art tombe
Et se traîne sans bruit, sans splendeur à la tombe...
Aux pieds de la Tour-Magne, ou dans le frais jardin
Dont le charme si doux réalise l'Éden,
Quand la lune aux flots blancs des cascades se mire
Ainsi qu'une odalisque au lac de Cachemire...
Et quand l'air embaumé jette un arôme au cœur
Qui fait sentir la vie et calme la douleur.

Oh ! dans ces riants soirs, aux bords de la fontaine,
Ta foi dans le Seigneur n'était pas incertaine ;
La Poésie alors, jaillissait par torrens
De ce ciel étoilé, des bosquets odorans,
De ce calme enchanteur, de cette onde magique,
Et tu la reflétais dans ta nuit poétique !...
D'autrefois, admirant de l'âme et du regard
Le géant aqueduc au triple pont du Gard,
Tu restais étonné devant l'œuvre de l'homme ;
Mais relevant ton front vers le céleste dôme,
Tu t'écriais : « mon Dieu, gloire à vous, Hosannah !
» Car vous seul êtes grand toujours comme au Sinaï » !

Ainsi, poète, ainsi tu marchais dans la vie
Sans exciter encor ni l'orgueil ni l'envie ;
Seulement quelques cœurs, les vrais amis du tien,
En extase, écoutaient ton suave entretien,
Sans se douter encor que ta voix était sainte...
Mais voilà que ton nom va franchir leur enceinte !

Depuis que tu m'as lu tes prophétiques chants,
Que tu m'as révélé dans tes discours touchans
Ton amour éthéré, ta foi de l'Évangile ;
Pour le diamant pur j'ai dédaigné l'argile...
L'âme rassérénée, et le front rajeuni,
Je reviens te crier : poète sois béni !...

[NIMES.]

LA SŒUR D'ORGON.

><

A Mlle. Annette Roberjot.

LA SOEUR D'ORGON.

Aimer, prier, chanter, c'est l'œuvre du Poéte !
A lui d'harmonier toute douleur secrète !
A lui de parfumer toute larme d'amour !
A lui de découvrir sous le buisson d'épine
       Chaque fleur qui s'incline,
Buvant les pleurs de l'aube et se cachant au jour !

S'il rencontre parfois dans son pélerinage,
Un diamant parmi les sables du rivage,
A lui, Poète, à lui de l'incruster dans l'or !.
A lui de repolir sa brillante surface,
          Pour que rien ne l'efface...
Oh ! c'est que le Poète est lapidaire encor !'

Oh ! c'est qu'il passe tout au creuset de son âme !'
Le nom le plus obscur jette un rayon de flamme ,.
Quand par un son de harpe il devient consacré...
Que ne l'ai-je aussi moi cette harpe sublime
          Que le Poète anime,
J'épandrais quelques fleurs autour d'un nom sacré !

Et je vous chanterais soudain, l'âme attendrie,
La sainte Sœur d'Orgon, Magdeleine-Marie,
Femme douce au malheur comme un espoir des Cieux;
Je vous répéterais sa tendre mélodie,
          Alors qu'elle mendie
D'une angélique voix, et les larmes aux yeux....

« Oh! donnez à la sœur! donnez, donnez, dit-elle!

» Et que l'Ange-Gardien vous couvre de son aile !

» Donnez pour les souffrans, pour les pauvres aussi!

» Pour tous les voyageurs malades de fatigue,

       » Donnez, soyez prodigue ! »

Et sa fin de prière est toujours : Dieu merci !

C'est la sœur de pardon et de miséricorde ;

Le trésor des élus de son âme déborde ;

On dirait qu'à son front, sous la coiffe de lin ,

Elle porte le sceau d'un divin caractère ,

       Et que sur cette terre

Dieu l'envoya servir de mère à l'orphelin !...

Où l'on est bien à plaindre, où l'on prie, où l'on pleure,

Elle vient, elle accourt, jour et nuit, à toute heure ;

Sa voix pour chaque plaie a le baume sauveur,

La manne du désert, la goutte de rosée

       Qui de l'âme épuisée

Arrache un son d'amour pour la sublime Sœur !

Oh ! je vous chanterais sa charité féconde ,

Ses quinze ans sans sommeil , sa piété profonde ;

Combien, sans un seul cri de plainte, elle a souffert !

Et combien elle a bu de pleurs dans son calice ,

       Sublime sacrifice

A Jésus sur la Croix , dans sa prière offert !

Pourtant elle sourit d'un sourire d'archange ;

Non pas quand elle entend un accent de louange ,

Mais quand on a versé l'aumône dans ses mains....

Sainte fille du Ciel !.. Que long-tems elle vive !

       Que le Seigneur ravive

Cette fleur parfumant nos arides chemins ! — (4)

Oh ! je vous chanterais ... Mais mon luth est timide ;

Son accord sans écho meurt sur la plage humide ,

Comme un cri d'Alcyon que la foudre a blessé ;

Et s'il vibre parfois dans la cité bruyante ,

      Une meute aboyante

D'hommes au cœur d'airain, me répond : Insensé !

Insensé ! ce mot seul me glace les entrailles ,

Me déchire le sein comme avec des tenailles ,

Et je refoule au cœur mon poétique accent.

Vous seule désormais l'entendrez , vous dont l'âme

Est un foyer de flamme

Qui jette un rayon pur sur mon front pâlissant.

MAGDELEINE.

A Achille Rousseau.

MAGDALE.

≥◊≤

Sur les bords du Jourdain, comme un palais de Fée
Élevé par miracle aux accords d'un Orphée,
A l'ombrage des fleurs, entre les verts palmiers,
Magdale se cachait comme un nid de ramiers.
Magdale, doux séjour des voluptés païennes,
Où les harpes chantaient leurs notes lydiennes;

12

Magdale , où se jouait un éternel printems...
Là , parmi les flambeaux , les rires éclatans ,
Des femmes , des beautés lascives , demi-nues ,
Tourbillonnaient la nuit... et n'étaient retenues
Par aucun frein de cœur, aucun reste de foi,
Ayant pour Dieu l'enfer, et le plaisir pour loi !
Là , de Jérusalem venaient par les soirs sombres
Des hommes d'impudeur, pâles comme des ombres ,
L'œil hagard , emportant un dévorant remords
Qui ne les quittait plus jusqu'au râle des morts....

Celle qui présidait aux fêtes solennelles ,
Magdeleine , était jeune et belle entre les belles...
Magdeleine... elle avait des cheveux noirs si longs
Qu'ils pouvaient, dénoués, tomber sur ses talons...
Magdeleine , ses yeux , étincelantes flammes ,
Lançaient un charme impur à brûler bien des âmes;—
Orgueilleuse , elle avait Magdale pour palais ;
Elle ne pensait pas l'abandonner jamais ;
Elle était courtisanne alors la Magdeleine ;
Elle vivait d'amour et sa vie était pleine.—

Le regret n'était pas entré jusqu'à son cœur.

Reine des voluptés qu'elle chantait en chœur,

Des senteurs d'Orient elle était parfumée ;

Dans ses bosquets couverts de roses d'Idumée,

Elle venait le jour dormir au bruit des flots

Qui des bords du Jourdain éveillait les échos.

Elle portait au front un soleil d'escarboucles ;

Ses sandales avaient des diamans en boucles ;

Sa tunique dorée éblouissait les yeux ;

Elle brillait la nuit comme une étoile aux Cieux ;

Puis sa voix était douce, endormeuse, enivrante ;

Le sourire d'amour de sa bouche odorante

Laissait voir de ses dents la blancheur et l'émail,

Et ses lèvres avaient la rougeur du corail.—

Oh ! plaignez-la pourtant, la reine de Magdale,

Dans ce riche palais où s'empreint sa sandale !

Plaignez-la ! mais pourtant ne la maudissez pas !

Du Paganisme éteint là fut le dernier pas !

—

†

L'homme-Dieu sur la Croix expirait au Calvaire ;
Son sang était encor tout frais au blanc suaire ;
Les bourreaux avaient vu ses yeux se clore enfin ;
Des trois jours de douleurs cette heure était la fin...
Il ne restait plus rien au calice d'absynthe...
Une femme pleurait non loin de la Croix sainte ;
Les cheveux noirs épars , elle jetait des cris
Dont les hideux bourreaux semblaient être attendris ;
Une femme pleurait à genoux sur la terre
Où de la mort du Christ s'accomplit le mystère ;
Une femme pleurait en regardant la Croix ;
A force de gémir elle resta sans voix...

Oh ! quelle femme donc était là désolée,
Ainsi plaintive, ainsi mourante, échevelée ?...
— C'est celle qui reçut le pardon de Jésus
Quand il lui dit ces mots : « Allez ! ne péchez plus ! »
C'est celle qui naguère étalait à Magdale
De ses amours sans frein la pompe orientale. —
Magdeleine !... à ce nom pourquoi frémir soudain ?
Pourquoi l'accueillez-vous d'un regard de dédain ?...
Écoutez : la brebis au bercail est rentrée ;
Voyez-vous sur son front l'auréole sacrée ?
L'abime s'est fermé sous ses pieds pénitens !..
Elle presse la Croix de ses bras palpitans....
Elle voudrait mourir... Mais il faut qu'elle expie
Les folles passions d'une jeunesse impie ;
Qu'aux yeux de l'Univers son beau nom soit lavé,
Et qu'au Ciel chaque jour remonte son AVE !
Il faut qu'au Saint-Sépulcre elle aille la première,
Du Dieu ressuscité voir la vive lumière....

†

Non loin de Massilie et de sa mer d'azur,
Sous le ciel de Provence étincelant et pur,
Est un large rocher qui domine les crêtes
Des rochers anguleux brisés par les tempêtes. —
De ce plateau géant l'œil de l'homme peut voir
La Corse, surgissant des eaux comme un point noir ;
Les Alpes, l'Apennin, les Hautes-Pyrénées
Montrant à l'horizon leurs neiges calcinées ;
Les milliers de vaisseaux qui sillonnent la Mer,
Peuple ailé, qui ressemble au peuple ailé de l'air !...
Puis au bas du rocher, la forêt vierge encore
Qui cache dans son sein la fleur du mandragore ;

Puis le riant vallon, le vallon odorant
Où court un ruisseau frais au murmure enivrant,
Qui berce sur ses bords d'aromatiques plantes
Dont le parfum se mêle aux ondes ruisselantes...

Ce rocher de granit a conservé pour nom
Sainte-Baume à sa base, au sommet Saint-Pilon (5) ;
C'est ici que vécut la femme repentie
Dont la jeunesse avait été si pervertie....
La Magdeleine... ici, plus près du firmament
Où montait chaque jour son saint enchantement !..

Elle avait traversé la Méditerranée ,
Avec son frère, avec Marthe sa sœur aînée ;
Le Ciel avait guidé son pauvre et frêle esquif
Vers ce rivage en fleurs, sur ce sol adoptif...

Lazare s'éteignit entre ses bras, Lazare
Homme pieux et bon, pour qui la mort avare
Avait déjà rouvert, à la voix de Jésus,
Le tombeau, d'où vivant, nul mortel ne sort plus...

Marthe suivit les bords du grand fleuve du Rhône
Mit deux fleurons de plus à sa sainte couronne,
En proclamant la foi du Christ, et terrassant
Un monstre horrible à voir, tout affamé de sang,
La Tarasque... (6) Dragon à la gueule enflammée,
Aux griffes de vautour, défiant une armée,
Et que Marthe enchaîna de ses pieuses mains
Comme pour accomplir les décrets surhumains. —

Magdeleine au désert avait fui loin du monde,
Pour mieux vaincre à son tour un monstre plus immonde
Les passions de l'âme, éternel vautour noir
Qui nous ronge le sein, nous pousse au désespoir,
Nous fait blasphémer Dieu, nous entraîne à l'abîme,
Et, de sa griffe au front, nous empreint ce mot: Crime !

Magdeleine au désert plus de trente ans pria ;
Les Anges à sa mort chantaient l'Alleluya !
Dans le creux du rocher une sainte chapelle
Conserve encor, dit-on, sa dépouille mortelle,
Enceinte vénérée, où le peuple qui croit,
Pour prier à genoux est souvent à l'étroit.

Aussi depuis long-tems cette Baume est sacrée ;
Et c'est un bien beau jour pour toute la contrée,
Quand le soleil de juin levé sur l'horizon
Appelle les chrétiens à la grande oraison ;
L'image de la Sainte et sourit et rayonne
Sous les paillettes d'or de sa belle couronne ;
Mille bras sont levés, et des concerts pieux
Chantent avec amour un nom qui monte aux Cieux ;
Le nom de Magdeleine... Et la foule bénie
Le répète aux échos ce doux nom d'harmonie !..

A Achille Rousseau.

A toi fier pélerin de chanter ce poème !
De chanter Magdeleine et son noble baptême ;
Sa prière au désert ! A toi qui nous as dit
Ses folles passions, son jeune âge maudit !
Allons, frère, courage ! allons fidèle apôtre,
Rappelle un siècle saint pour sanctifier le nôtre !
Chaque ère a ses martyrs, chaque ère a ses grands noms
Dignes d'être incrustés dans tous les parthénons. —
Poursuis ton œuvre, et marche, et suis ta large voie
Aux rayons du soleil qui sur ton front flamboie !
Ainsi que Lamennais, parle de charité ,
De fraternel amour, de paix, d'humanité !
Fais briller à nos yeux le Jésus du Calvaire,
Le Dieu puissant et fort, le vrai Dieu populaire ;
Tel qu'il apparaissait aux chrétiens d'Orient,
Simple et juste, et le front toujours calme ou riant ;
Élevant l'homme au Ciel par la miséricorde,
L'indulgente pitié, l'amour et la concorde ;
Flétrissant l'esclavage, et mourant sur la Croix
Pour avoir pardonné septante fois sept fois !

SOUVENIR DES BAUX,

A Alexandre Dumas.

———

« Toutes nos illustrations poétiques, qui certes ne s'en
» doutaient guère, vinrent poser à notre volonté dans
» ce petit coin de terre où nous les croquions. Il y
» en eut à qui nous jetâmes sur les épaules un man-
» teau de pourpre qu'eût envié un roi ; il y en eut
» que nous dépouillâmes et que nous renvoyâmes
» nues et honteuses ; conclave improvisé, nous don-
» nâmes des sceptres et arrachâmes des couronnes ;
» nous déposâmes et fîmes des empereurs, et ceux
» que nous élûmes seront sacrés ».

(Alexandre Dumas.)

———

SOUVENIR DES BAUX,

à Alexandre Dumas.

━◦━

Dites, vous souvient-il, quand vous allez rêvant
A travers le chaos d'un monde décevant,
Childe-Harold, qu'un des jours de la dernière automne,
Quand la feuille qui meurt sous le vent tourbillonne ;
Qu'un de ces jours chauffés encor d'un soleil pur,
Sous le ciel de Provence étincelant d'azur,
Vous vintes visiter un amas de ruines
Sur un rocher blanchi des montagnes Alpines ;

Et qu'avant de gravir jusqu'au sommet des Baux,
Les massifs de palais, les massifs de tombeaux,
Vous fîtes une halte au fond de la vallée...
Oh ! souvenez-vous bien ! là vous fut révélée
Une âme de poéte, et je pris votre main
Pour la presser un peu dans mon étroit chemin.
Là je vous retrouvais, vous que souvent en rêve
J'avais si vainement cherché de grève en grève ;
Vous dont le nom jeté sur la scène en émoi,
Avait été toujours un nom d'ami pour moi ;
Vous dont chaque œuvre avait fait germer dans mon âme
Une admiration, une sève de flamme,
Un indompté désir, un espoir séduisant
De dérouler enfin mon drame de Crozant.
Oh ! souvenez-vous bien ! moi, pauvre solitaire
Dont la vie est encor pour le monde un mystère,
Je venais d'accomplir un vœu de charité,
De poétique amour et de fraternité ;
Aussi j'étais souffrant, et rêveur, et morose,
De voir la jeune fleur sous mes regards éclose,
Emportée au hasard par le vent des cités,
Ce vent qui flétrit tout, fleurs et célébrités ;

Mais vous, me rassurant, vous fûtes bon et tendre ;
Vous sentiez quelque charme à me voir, à m'entendre ;
Oh ! souvenez-vous bien ! mon récit vous fut doux
Comme un reflet de cœur, sympathique entre nous ;
Car toute poésie intime est si suave ;
Elle surnage ainsi qu'une légére épave,
Et la nuit, elle éveille un accord inconnu,
Comme un écho du Ciel qui nous est parvenu.
Oh ! souvenez-vous bien de ce tendre poëme !....
On eût cru voir en vous un chasseur de Bohème,
L'arme bronzée en main, la veste aux boutons d'or.
Qui croit dans le lointain ouïr le son du cor,
Écoute, l'œil brillant, sa note d'harmonie,
Et sent bondir son cœur d'une joie infinie ; —
Et puis, conteur naïf, vous nous disiez comment
Vous aviez écoulé, de tourment en tourment,
Votre belle jeunesse, avant que le théâtre
Eut livré votre nom à la foule idolâtre ;
Et depuis lors, pour vous combien de longs ennuis,
De désenchantemens, dans vos jours, dans vos nuits ;
Combien la calomnie a vomi de couleuvres
Pour enlacer vos pas, empoisonner vos œuvres

Et combien vous avez en dégoût, en pitié,

Ces êtres profanant tout culte d'amitié,

Toute foi de poète, et tout cœur d'honnête homme,

Ces Judas de nos jours qu'avec dégoût on nomme. —

Dites, vous souvient-il ? Puis par la route encor,

Quand tombaient sur nos fronts des étincelles d'or,

Je vous interrogeais sur nos auteurs d'élite ;

Votre voix en rendant hommage au vrai mérite

Me dessillait les yeux, m'ôtait l'illusion ;

De plus d'une auréole éteignait un rayon. —

Quelques noms qui semblaient dans mon ciel des étoiles,

Vous les faisiez pâlir me les montrant sans voiles.

Puis me voyant ému, vous me parliez alors

Des Bardes inspirés, dont les touchans accords

Élèvent la pensée au-dessus de ce monde ;

De celui dont le luth tour à tour chante ou gronde,

Et sublime, répand ses harmonieux sons

Comme un fleuve ses flots d'argent ou ses glaçons ;

Et puis de Béranger, et puis de Sainte-Beuve ;

De Nodier, qui n'a pas de page qui n'émeuve ;

De Tastu, de Valmore.... Et j'avais joie au cœur

Un sourire passait dans mon regard rêveur ;

Surtout quand j'entendis un nom dans votre bouche,
Un mélodieux nom, douce pierre de touche,

. . . .

. . . .

. . . .

. . . .

Dites, vous souvient-il? oh! qu'à vous écouter
Je ressentais mon cœur dans mon sein fermenter!
Mais nous étions aux pieds de la ruine immense
Où le vallon riant se termine, où commence
Le rocher de granit que le tems a miné,
Car par la main de l'homme il fut contaminé;
Sur son flanc du couchant la vieille ville assise
Semble pleurer encor dans sa poussière grise
Les siècles écoulés du règne féodal,
Quand pesait sur son front le haut seigneur Barral;
Et ses noirs habitans, ombres parmi des ombres,
Fantômes se traînant à travers les décombres,
Portent dans leurs regards une empreinte de mort,
Tellement tout s'enchaîne et marche au même sort,
Et l'homme, et ses travaux, et la nature même;
Accord universel et douloureux emblème....

Sans doute que dans vous ces pensers dominaient,
Poëte pélerin , quand vos yeux s'inclinaient
Interrogeant aussi ces annales de pierre ,
Les débris du donjon où l'aigle fit son aire,
Les tombes sans squelette et sans os calcinés ;
Et les murs en oursins qu'on dirait burinés. —
Oh ! vous avez rêvé comme rêve un artiste
Devant ce grand débris prestigieux et triste !
Comme rêve un chrétien , car vous avez parlé
Des sublimes versets d'un psaume immaculé ;
Car près d'un vieil autel au fond du sanctuaire ,
Vous avez médité des lettres de prière
Sur le marbre où Barral est peint agenouillé ;
Car d'un pleur de pitié votre œil noir s'est mouillé
Devant le blanc cercueil d'une vierge endormie ,
Et que d'eau lacrimale aspergeait une amie
Avant de l'emporter, la pauvre, en son tombeau !...
Car, la main sur le front, vous criâtes : c'est beau !
Une dernière fois plongeant vos regards sombres
Au fond de la vallée , où projetaient leurs ombres,
Ces murs tout ébréchés par le tems, ces créneaux,
Ces cintres suspendus, aériens fanaux ! —

Oh! vous avez éteint dans votre âme, poète,
Ce mot qu'à chaque pas le désespoir nous jette :
Le NÉANT! le NÉANT! dites, vous souvient-il?
Car je suis soucieux et je doute en exil;
Je doute que ce jour heureux du six décembre
Pour moi, tout parfumé de poésie et d'ambre,
Ait laissé quelque place en votre souvenir?
Puissiez-vous en pensée un jour y revenir!
Et jeter sur la scène une œuvre grande et sainte,
Où du peuple souffrant la longue et triste plainte
Soit comprise; où ce mot sublime: humanité!
Ne soit plus parmi nous vainement répété!
Assez de cauchemars, de sanglots et d'alarmes
Pour ces drames forgés dans le sang et les larmes,
Qui déchirent le cœur, qui font grincer des dents,
Et semblent inspirés par le mal des ARDENS!
Dumas, que votre voix si forte et si puissante
Ne soit plus une voix de vague mugissante!
Autour de nous assez de puissantes douleurs
S'étouffent en prière et s'exhalent en pleurs!

De nos infirmités la mesure est trop pleine ;
Jetez-y quelque voile ! et reprenant haleine,
La pauvre humanité rajeunie à l'espoir
Ne se sentira plus à chaque pas déchoir !

A Alfred Rousseau,

d'Aubusson.

A ALFRED ROUSSEAU.

Aimez ! aimez-la bien, notre Creuse chérie !
  Aimez bien nos forêts !
Aimez le sol natal, aimez notre patrie,
  Aimez nos vallons frais !
Aimez nos vieux châteaux et leurs tourelles grises,
  Leurs donjons en débris ;
Nos landes, nos ruisseaux où murmurent nos brises
  Sur les glayeuls fleuris !

Aimez, aimez-les bien nos rochers druïdiques,
    Où seul j'allais m'asseoir,
Pour élever au Ciel mes chants mélancoliques,
    Mes prières du soir !
Aimez, aimez-les bien ! car l'exil a des larmes
    Qui ne tarissent pas !
Combien du sol natal on regrette les charmes,
    Quand même à chaque pas
On foulerait des fleurs belles et bien suaves,
    Pour l'exilé ces fleurs,
Sur la falaise en vain, odorantes, épaves,
    Auraient mille couleurs ;
Toujours le souvenir en verrait de plus belles,
    De plus odorantes encor,
Là-bas, où pour voler j'ai déployé mes ailes,
    Là-bas où vous prenez l'essor ! —

Quand je m'en suis venu sous ce ciel de Provence,
Mes adieux à la Creuse étaient sans espérance ;
C'était un son plaintif, une élégie, un deuil,
Comme un amant qui pleure une amante au cercueil :

C'était un hymne saint, des épodes sacrées,

Un psaume de douleur, que des âmes navrées

Écoutaient, maudissant l'implacable destin

Qui ne me laissait pas achever mon matin

Là-bas, dans nos grands bois, à l'ombrage des chênes;

Oh! le destin fatal qui me jetait des chaînes,

Pour m'entraîner de force en ce lointain vallon,

Comme un forçat qu'on traîne au bagne de Toulon...

Mon Dieu, c'était pitié! mais vint la poésie

Qui fit pleuvoir sur moi ses gouttes d'ambroisie...

Et quand sous les cyprès, sous les platanes verts

Je venais, tout ému, mélodier des vers,

Je croyais avoir bu l'oubli, tant ma pensée

D'un indicible charme était alors bercée...

C'est que cette atmosphère a des parfums si doux;

Ce soleil de Provence est si chaud, que sur nous

Il darde des rayons qui renouvellent l'âme!

Ce ciel inspirateur est toujours bleu de flamme;

Ces nuits ne sont jamais que des demi-jours clairs,

Et rarement la foudre y sème ses éclairs!

Là, de grands souvenirs à chaque pas jaillissent;

Des splendeurs du passé les cités resplendissent

Oh ! c'est magique à voir ! c'est magique à chanter !
Il faudrait n'avoir rien au monde à regretter...
Mais quand j'eus dilaté mon âme de poète
Sur ce sol parfumé , sous ce beau ciel de fête ;
Mais quand j'eus parcouru ces monumens sacrés ,
Ces sites imposans, ces tombeaux consacrés ;
Vaucluse et sa cascade, admirable avalanche
Roulant sur les rochers sa neige d'eau si blanche ;
Les ruines des Baux ; l'antique Mont-Majour,
Ruine aussi, qui fut riche abbaye un jour ;
Le pont du Gard, géant embrassant deux montagnes ;
Nîmes et ses palais, son Cirque, ses campagnes,
Ses forêts d'oliviers, sa Tour-Magne en granit,
Sa Fontaine , où le cœur souffrant se rajeunit ;
Et la vieille cité d'Arles, la métropole
Des peuples d'Occident, des Romains dans la Gaule,
Qui montre ses débris gisans, avec orgueil ,
Comme s'ils n'étaient pas enfouis au cercueil...
Oui, quand j'eus du regard admiré ces merveilles ,
Que je les eus chanté quelquefois dans mes veilles,
J'oubliais , j'oubliais pour me ressouvenir,
Et le mal du pays commençait à venir !...

Alors le front penché par une ardente fièvre,
Le blasphème était prêt à jaillir de ma lèvre.
En mes sonnets pieux, en mes rêves des nuits,
Je tentais vainement de chasser mes ennuis ; —
J'entendais cependant une harpe d'ivoire
Me parler d'avenir, de patrie et de gloire....
Anémone oubliée au désert, pauvre fleur,
Pauvre blanche Péri que je nommais ma sœur !
Ses accens étaient doux, bien plus doux que n'est douce
La voix du rossignol près de son lit de mousse ; —
Et je croyais rêver... mais toujours mon regard,
Triste, se retournait vers le seuil du départ...
Oh ! vous ne savez pas combien, malgré des charmes,
Le sein de l'exilé peut contenir de larmes !...
Un jour, je retrouvai sous ce ciel embaumé
Un autre jeune fils de mon sol bien-aimé ;
Nous lançâmes aux flots ma barque aventureuse,
Devisant tous les deux des rives de la Creuse.
La Méditerranée était par ce beau soir
Calme, limpide et bleue, et merveilleuse à voir !
La vague nous berçait avec tant de mollesse !
Les flots chantaient leur hymne avec tant de tendresse !

A ALFRED ROUSSEAU ,

Le Ciel était si doux , si pur, si parfumé ,
Que de mon luth jaillit un chant tout enflammé !
Je crus voir l'Orient au kaleïdoscope.....
J'avais tout oublié : Creuse , Patric , Europe !..
Mes ailes m'emportaient vers un plus saint exil ,
Sur le Mont-Golgotha , sur le Gauge et le Nil !
Le beau rêve doré ! l'élyséen voyage !
Les doux embaumemens sur des fleurs , à l'ombrage !
Oh ! l'ineffable amour qu'on ne peut définir !
Suave illusion qu'on voudrait retenir !
Oh ! le bain frais où l'âme aime à rester plongée !
De quel nectar divin la lyre est aspergée !...
C'est un essor sublime , ardent, mystérieux,
Qui vient monter soudain la poésie aux Cieux ,
Lui fesant traverser les mers et leurs abîmes,
Et les monts escarpés aux gigantesques cimes ;
Et les nuages noirs qui portent les éclairs..
Oh ! qu'elle devient belle à planer dans les airs !
Et puis, redescendant quand son aile est lassée,
Elle veut du repos ; — alors moins cadencée,
Elle soupire et prie , et sous les palmiers verts ,
Rêveuse , elle s'assied en face des déserts !

Puis sa voix touchante,
Sa voix douce chante
Comme un Séraphin ;
Comme sur le fleuve
Les fils de la veuve,
En hymnes sans fin,

Chantaient tout en larmes
Leurs vives alarmes,
Leur espoir en Dieu ;
Et prenant courage,
A leur beau rivage
Murmuraient adieu !

Oh ! la poésie,
Chaste fantaisie
Des âmes d'amour,
Pleure, se relève,
Et reprend son rêve,
Et sourit au jour !

Souvent l'âme triste,

Comme une améthiste

Jette un doux rayon ;

Le poëte sombre

Souvent tient dans l'ombre

Le luth d'Amphion !...

Oh ! oui, la poésie est une blanche fée

Que les chagrins en moi n'ont jamais étouffée,

Et qui s'en va souvent butiner, l'œil en pleurs,

Industrieuse abeille, un miel pur sur les fleurs. —

Dans ses veilles des soirs elle choisit la Creuse

Pour aller soupirer sa note douloureuse ;

Poëte, à votre seuil elle frappe, écoutez !

Ouvrez-lui ! laissez-la s'asseoir à vos côtés !

Elle vous tend la main comme une douce amie !

Poëte, voyez-vous, sa figure est blêmie,

Mais elle sait aimer, parlez-lui d'amitié !

Ou du moins pour une heure ayez quelque pitié !

LUDOVISE.

Si vous l'aviez connue à sa quinzième année,
Elle était belle alors, belle à vous rendre fou !
En voyant les attraits dont elle était ornée
Vous auriez devant elle incliné le genou.

(CORILLA).

LUDOVISE.

C'est l'automne, la fleur tombe ;
C'est l'automne, la colombe
Gémit auprès d'une tombe
Sur une croix peinte en noir ;
La feuille au chêne frissonne,
Ou vers le Ciel tourbillonne ;
Oh ! qu'elle est triste l'automne !
Oh ! qu'elle est triste le soir !

14

C'est la brume sur les plages,
La nuée aux grands orages ;
Les fantastiques nuages,
Flottant comme des linceuls ;
L'airain plus tristement sonne ;
On entend mugir le Rhône ;
Oh! par la saison d'automne
Que les exilés sont seuls !

Tout est deuil ; — et la nature,
Sans éclat et sans verdure,
Semble un champ de sépulture,
Surtout près du lac des Baux,
Où l'on ouït une lyre
Qui se plaint et qui soupire,
Et qui chante son martyre
Comme une voix des tombeaux....

C'est l'âme de Ludovise,
La pauvre muse incomprise,
Qui revient chaque nuit grise
Au vallon se lamenter !

Oh ! priez ! priez pour elle !
Là brilla cette étincelle !
Cette femme jeune et belle
Qu'un flot noir vient d'emporter !

—

Dieu pour former ses traits, Dieu pour former son âme
Prit au soleil d'avril un rayon de sa flamme,
Au bel azur du ciel l'azur de ses yeux bleus,
A la perle d'ophir son regard onduleux !

Aux roses d'Orient, un parfum, son haleine ;
A Velléda sa voix, au Bengali son chant ;
La blancheur de son front à la blanche phalène ;
A la Vierge-Marie un sourire touchant !

Ses soupirs au vallon quand la brise y soupire ;
Ses pleurs aux pleurs de l'aube, à Corinne sa Lyre ;
Sa taille si légère à l'ange Gabriel,
Et son corps aux tableaux divins de Raphaël !

Et puis il l'envoya sur la terre où nous sommes
Pour aimer, pour chanter, pour prier, pour pleurer;
Quand cet Ange passa dans le chemin des hommes,
Personne n'eut orgueil et ne vint admirer !

Personne qu'un poëte, être faible et débile,
Agenouillé devant la pieuse Sybille,
Qui dès le premier jour devina ses douleurs,
Comprit ses désespoirs et pleura de ses pleurs.

Lui seul vint, et lui seul mit sa main dans la sienne;
Lui seul ouït les sons de harpe Éolienne
Qu'elle lui révélait, comme une tendre sœur
A son frère chéri révèle tout son cœur !

—

Oh ! qui saura jamais leurs infinis mystères,
Leurs doux vœux d'avenir, leurs paroles austères,
Leurs secrets de tristesse échangés quinze mois !
Oh ! qui saura jamais leur poésie intime,
Fleur à fleur, flot par flot, passant pure et sublime
          Aux inflexions de leurs voix !

Ils avaient tout rêvé : la liberté, la gloire,
L'amitié qui pour eux n'était pas illusoire,
Pour lui le dévoûment, et pour elle l'amour !
Ils avaient tout rêvé ! le Ciel, la mer, les mondes ;
Dans l'espace ils suivaient leur Muse aux ailes blondes
      Sans se reposer un seul jour !..

C'est l'Orient surtout, qu'ils aimaient en pensée ;
L'Orient ! l'Orient ! leur âme était bercée
D'un idéal amour à ce mot : l'Orient !
Comme ils se retrempaient à ce rêve magique !
Et comme ils oubliaient leur douleur sympathique
      Pour s'acclamer en souriant !

Si de leur livre d'or on retrouve les pages,
Jamais si doux parfums depuis l'encens des Mages ;
Jamais si doux reflets à l'aube du printems ;
Jamais si douces fleurs dans nos jardins écloses ;
Jamais charme plus pur ; jamais couleurs plus roses
      Jamais accords plus éclatans !..

Ludovise le soir allait sur la montagne
Contempler dans les Cieux la lune, sa compagne,
Mystérieuse lampe aux rayons caressans ;
Elle semblait alors être plus inspirée ;
Son geste décélait sa belle âme ignorée ;
      Ses regards avaient des accens...

Tout en elle était beau, tout en elle était charme ;
Surtout quand de ses yeux tombaient, larme par larme,
Une douleur muette, un profond désespoir !
Car toujours sur son front pâle et blanc, mais sans tache,
Comme sur tous les fronts où trop d'amour s'attache,
      Pesait un lourd nuage noir !

Mais sa douleur devint stridente et plus amère
Quand la tombe s'ouvrit pour sa mère, sa mère,
Femme au cœur tendre et bon qui mourut dans ses bras
Sans pouvoir murmurer : « ô ma fille ! ma fille !... »
Et qui la laissait seule au sein de sa famille
      Ainsi qu'une étrangère... hélas !

La pauvre Ludovise alors courba la tête

Sous les voiles de deuil, comme sous la tempête

Plie un jeune arbrisseau sans appui dans les champs;

On ne la voyait plus descendre à la vallée

Que pour s'agenouiller auprès d'un mausolée,

　　Et prier en hymnes touchans!...

Elle s'en vint un jour sur la mer irritée,

Mettre aux flots son esquif sans être épouvantée;

Au Ciel avait brillé sa belle étoile d'or!

Elle se confiait aux vagues, sans murmure....

On eût dit à la voir dans sa blanche parure :

　　C'est la prophétesse d'Endor!

Le poëte affligé, la face contre terre,

Lui dit adieu; lui pauvre, et triste, et solitaire,

Attendit, mais en vain, bien des jours, bien des mois;

Il mourut. — Sur les bords de la mer de Provence

Est un saule isolé qui penche et se balance,

　　Et semble pleurer quelquefois.....

C'est là qu'il dort ; c'est là qu'il attend Ludovise ;
Sur les sables auprès le flot court et se brise,
Donnez au malheureux un regret, un soupir !
Quand son œil presqu'éteint vit sa dernière aurore,
D'une voix affaiblie il murmurait encore :

   « J'espérais.... et déjà mourir !... »

On croit que Ludovise a sombré sous la lame,
Car tous les soirs revient dans le vallon son âme
Gémir plaintivement comme un ramier bléssé !
Vous qui l'avez connue... oh ! priez bien pour elle !
A la croix du vallon semez une immortelle !

   Qu'on dise : « un Ange est là passé ! »

    —

  C'est l'automne, la fleur tombe ;
  C'est l'automne, la colombe
  Gémit auprès d'une tombe
  Sur une croix peinte en noir ;

La feuille au chêne frissonne,
Ou vers le Ciel tourbillonne...
Oh ! qu'elle est triste l'automne !
Oh ! qu'elle est triste le soir !

(Mouriès , décembre 1834.)

CHATEAU-D'AMOUR

De Romanil.

><=

A Charles Berlios.

CHATEAU-D'AMOUR DE ROMANIL.

*

Du vieux Château-d'Amour rien ne reste donc plus
Que des murs sans ciment, des débris vermoulus,
  Sans ogives, lambris ni fresques?..
Ce n'est plus qu'un squelette effrayant et sans nom;
Par le monde, pourtant, s'étendit son renom
  Dans les siècles chevaleresques!

Le voilà devant nous, sur ce rocher géant

Qu'enceint de toutes parts un abîme béant ;

    Salut, salut vieilles ruines !

Salut palais de fée, où joyeux troubadours

Chantaient l'hymne d'espoir aux poursuivans d'amours

    En les couronnant d'églantines !..

Où donc le siége d'or où Béatrix trônait ?

La porte d'Orient où René s'inclinait ?

    Où donc les légères tourelles,

Le donjon élancé, qu'un sublime ciseau

Avait magiquement taillé comme un réseau,

    Comme un beau réseau de dentelles ?

L'orfraie et le hibou planent seuls en ces lieux ;—

Seuls réveillent parfois l'écho silencieux

    De ces murs blanchis de poussière...

Le berger du vallon vient seul ici s'asseoir ;

Mais il s'enfuit tremblant dès que l'ombre du soir

    Descend et brunit chaque pierre...

Car on dit que les nuits quand souffle le mistral,
Ou quand gronde la foudre, on voit comme un fanal
    Briller l'œil rouge d'un fantôme...
Malheur à qui de près l'a contemplé! malheur!
La mort vient dans le mois à son seuil de douleur
    Psalmodier son dernier psaume!....

Charles, prends tes pinceaux! à l'œuvre! et reconstruis
Ce vieux Château-d'Amour! ses portiques détruits,
    Ses grands pavés en mosaïque!
Tourelles et donjons, colonnes, chapiteaux,
Que le tems a frappé de ses mille marteaux...
    Eh bien, que l'art les revendique!

A l'œuvre, artiste, à l'œuvre! et moi j'évoquerai
Les souvenirs anciens... Et je te chanterai
    Les légendes et les ballades,
Et les joyeux tensons de nos vieux troubadours;
Et nous croirons revivre en leur âge, en leurs jours,
    Avoir part à leurs iliades....

Et nous verrons surgir l'éloquent tribunal,
Les magistrats d'amour au maintien virginal,
        A la voix si douce et si tendre...
Au sourire enchanteur, au timide regard;
Siégeant sur des coussins de soie et de brocard;
        Et nous croirons alors entendre

Phanette de Gentelme, Hugonne de Sabrans,
Isabelle des Baux, Berthe de Saint-Laurens,
        Nobles dames de haut lignage,
Rendant contre Dorie un arrêt solennel
Pour avoir oublié son serment sous l'ormel,
        Au retour d'un pèlerinage....

. . . .

Mais le jour baisse et fuit... la lune à l'horizon
Pâle, n'éclaire plus cet antique blazon....
        De lourds nuages s'amoncellent.
Partons.... si le fantôme.... ô mon ami, vois-tu
Comme tout le vallon de deuil est revêtu;
        Comme les éclairs étincellent!....

ÉLISA MERCŒUR.

Il faut, il faut mourir avant que l'innocence
Abandonne ce cœur brisé par tant d'efforts,
Avant que l'injustice, énerve sa constance ;
Avant que le malheur enfante le remords.

(ÉLISABETH CELNART).

ÉLISA MERCOEUR.

Poètes, une sœur nous dit adieu; son âme
S'envole d'ici-bas comme un rayon de flamme;
Poètes, donnons-lui quelques regrets du cœur!.
Laissons tomber du luth quelques notes pieuses,
Quelques plaintifs accens, larmes harmonieuses
  Pour la pauvre Elisa Mercœur!...

Elle était jeune encore... elle était bonne et tendre ;
Et déjà nous voyons sa harpe se détendre...
Déjà ! gardons du moins ses champs au souvenir !
Gardons ses longs soupirs de tendresse incomprise,
Aussi purs que le Ciel, aussi doux que la brise,
    Pour embaumer notre avenir !

Mais ne la plaignons pas ; la poésie est morte ;
Ainsi qu'un mendiant qui supplie à la porte,
La triste poésie, elle trainait son deuil ;
Quelques vierges pourtant, quelqu'artiste à l'œil sombre,
Priaient à ses côtés, suivaient ses pas dans l'ombre,
Et préparaient des fleurs pour orner son cercueil !

La triste poésie... elle quitte la terre ;
Elle resta long-tems pensive et solitaire
S'asseyant sur les bords des mers, sur les rochers ;
Elle ne clamait plus au forum à la foule,
Elle mêlait sa voix gémissante à la houle
Pour inspirer encor quelques jeunes nochers.

D'autrefois elle allait au fond du sanctuaire
Des vieux temples déserts, méditer sa prière ;
Là ses yeux se creusaient à pleurer ses douleurs !
Elle remonte au Ciel se rajeunir sans doute....
Oh toi, qui l'a trouvas quelquefois dans ta route
Et qui t'agenouillas pour pleurer de ses pleurs !...

Pauvre Élisa Mercœur ! suis-la ! monte avec elle !
Elle t'emportera, jeune âme, sur son aile
A l'Éden où la lyre a de célestes chants
Que nul mortel n'entend qu'en rêve, ou dans l'espace,
Par les soirs bleus d'été, quand à l'horizon passe
La belle lune blanche aux rayons si touchans !...

Pauvre jeune Élisa ! fleur d'Occident fauchée....
Oh ! que ne restais-tu sur la grève, penchée,
Ecoutant flot par flot l'Océan murmurer ;
Ses brisans, ses moussons, ses algues, long poëme
Que l'artiste chérit, que tout cœur souffrant aime,
Et qui réveille en nous le charme d'admirer !...

Oui, mieux valait rester, ô fraîche sensitive,
Là-bas dans le vallon, là-bas près de la rive
Où la Loire se mêle aux vastes flots des mers ;
Là-bas brûlant au cœur ton feu de poésie ;
Mais savourant parfois la goutte d'ambroisie. . . .
Riant penser parmi tant de pensers amers !. . .

Oh, je plains de mes pleurs toute muse ignorée
Qui languit au désert ; qui pâlit, éplorée,
Et meurt sans nous laisser un écho de ses pas !
Mais je plains encor plus, celles, long-tems bercées
D'illusions de gloire et d'amour, insensées,
Croyant réaliser leurs rêves ici-bas,

Qui mêlent les doux sons de leurs voix de mystère
Au bruit désenchanteur des échos de la terre,
Aux grondemens honteux des torrens irrités !
Aux grincemens des vents, aux éclats de la foudre ;
Tendres fleurs que bientôt étiole la poudre
        Tourbillonnante des cités !

Ainsi jeune Élisa ton âme fut déçue ;.
Et tu ne passas point pourtant inaperçue ;
Le laurier poétique orna tes longs cheveux ;
Mais ton rêve doré n'était pas de ce monde,
Et tu vas retourner loin de ce globe immonde,
      Au Ciel, où s'envolaient tes vœux !...

Si tu songes à nous, ange parmi les anges,
Fais-nous ouïr les sons des divines louanges
Qu'avec les Séraphins tu vas chanter en chœur !
Adieu ! nous penserons long-tems à ton passage,
Nous qui t'avons pressé la main sur le rivage....
      Adieu, pauvre Élisa Mercœur !

ÉLISA
MERCŒUR.

LES PAUVRES POETES.

A Durand.

LES PAUVRES POÈTES.

≫⊏

A chaque voix qui pleure, à chaque voix qui crie,
A chaque long soupir de pauvre âme flétrie
Au contact de ce monde, aux épreuves du mal ;
Je sens bondir mon cœur dans ma poitrine ardente ;
Pleurs et cris font écho dans ma voix plus stridente
      En son vibrement lacrimal !

Chaque fleur que le vent détache de sa tige ;
Chaque nom dont je vois s'éclipser le prestige ;
Chaque grandeur qui tombe et qu'on cloue au cercueil ;
Chaque gloire déchue et que l'exil emporte ;
Sont autant de douleurs poignantes dont je porte
      Incessamment le deuil !

Mais bien plus quand s'éteint ainsi qu'un jet de flamme
Un cœur ami du mien, une pauvre jeune âme
De poète inspiré qui vécut de ma foi ;
Qui pleura de mes pleurs, qui chanta ma prière ;
Et qui, souvent assis sur sa borne de pierre,
      Pour se désoler comme moi ;

Me dit : « Frère, il fait froid sur notre sol de glace ;
» Notre ciel est trop noir ; est-ce bien notre place
» Ici-bas, à chanter pour les heureux du jour,
» Sans qu'un morceau de pain qui tombe de leur table
» Soit jetté comme aumône à leur cri lamentable ?...
      » Frère, c'est un triste séjour !.... »

Que j'en ai vu partir de ces amis!... Dovalle
Jeune cygne, à vingt ans tombé sous une balle
Qui brisa sur son cœur un chant inachevé!
D'Escousse et de Lebras la cendre est tiède encore....
Pauvres jeunes enfans, qui doutaient à l'aurore
    Du beau ciel qu'ils avaient rêvé!

Et Debraux, me pressant de sa main demi-morte!...
Et ce noble Farcy, dont l'âme grande et forte
S'éteignit en Juillet pour le peuple vainqueur!
Et cet ange d'amour qu'adorait notre Élie,
Fraîche fleur de Bretagne, odorante Ophélie;
    Hier encore Élisa Mercœur!

Aujourd'hui c'est Roulland, jeune homme au front si pâle,
Dont on n'a pas ouï la plainte ni le râle;
De misère et de faim il a fallu mourir,
Lui, qui du Camoëns avait rêvé la gloire,
Jusqu'aux gouttes de lie il s'efforçait de boire
    Son plein calice de martyr!...

Oh ! sur tous ces tombeaux j'ai prié ma prière ;
J'ai baigné de mes pleurs leur marbre funéraire ,
Leur pauvre simple croix fraîchement peinte en noir
C'était triste à les voir partir ces âmes pures ;
Quelques-unes avaient des regrets , des murmures ,
        Et des frissons de désespoir...

On avait méconnu leur essence divine ;
D'autres restent encor de la même origine ;
Plus fortes , essayant d'attendre encore un jour ;
Et demain les verra plus tristement déçues ;
Elles remonteront alors inaperçues ,
        Rapporter au Ciel leur amour !

On dirait que ma Muse est l'écho de la tombe ;
Elle y vient effeuiller bien des fleurs d'hécatombe ;
C'est qu'elle a trop compris qu'au fond de ces cercueils
Elle a plus d'amitiés et plus de sympathies....
Oh ! c'est qu'elle se meurt de ces douleurs senties ,
        C'est qu'elle frappe aux mêmes seuils !...,

Le Poète ici-bas n'a que du pain de cendre ;
L'orgueil du siècle impie est lent à le comprendre,
S'il n'a que des accens d'amour, de piété ;
S'il ne profane pas les cordes de sa lyre ;
S'il n'a pour inspirer son généreux délire
      Qu'un cri : L'humanité !

Qui donc aura pitié de tant de voix d'alarmes ?
Qui donc de tant de cœurs épongera les larmes ?
Ami, nous mourrons donc sans rayons de soleil !
N'ayant pour nous pleurer, hélas, que d'autres frères
Qui suivant après nous nos sentiers funéraires,
      Dormiront du même sommeil.

                    (Mars 1835).

CHOLÉRA.

POESIE

A nos Frères de Marseille.

—

CHOLÉRA.

Priez, frères, priez Notre-Dame qui veille
De l'âme et du regard au-dessus de Marseille !
Priez, frères, priez et la nuit et le jour !
La prière est un baume, une sainte rosée
Qui redonne la sève à la vie épuisée,
      Et qui nous ouvre un ciel d'amour !

Monstre de débauche,
Le choléra fauche
Tout ce qu'il approche
Dans votre cité ;
Et jusqu'à vos hâvres
De tous ses cadavres
L'air est infecté.

Ses dents corrosives
Mordent aux chairs vives
De tous les convives
Qui passent son seuil;
Il les change en mânes
Et boit dans les crânes
Qu'il traine au cercueil.

De la fleur mi-close
Que la pluie arrose,
Le lys ou la rose,
Ou l'œillet naissant,
Son sonffle étiole
La fraiche corolle,
La feuille, en passant.

Ses doigts de harpies,
Des âmes impies
Qui sont accroupies
Font soudain jaillir
D'effroyables râles,
Comme des rafales
Qu'on entend mugir. .

Il change en martyres
Les joyeux sourires,
Les danses, les rires,
Les baisers d'amans,
Les voluptés folles,
Les désirs frivoles
Et les doux sermens.—

Des enfans qui rient,
Des pauvres qui crient,
Des mères qui prient
Aux pieds de la Croix,
Et des vieillards chauves,
Ses hurlemens fauves
Recouvrent les voix.

Foudroyante houle
Au sein de la foule ,
Il tombe, il se roule....
Du riche qui dort
Sur son lit de soie ,
Il ronge le foie ,
Dans son cœur il mord ;

Il verdit sa bouche,
Rend son œil farouche ,
Et livide, et louche ,
Malgré ses sanglots ; —
Et son corps qui rampe
Se tord sous la crampe
Qui brise ses os. —

Les champs des morts s'ouvrent ,
Les tombeaux s'entrouvrent ,
Et soudain recouvrent
Les cadavres noirs
Qu'en masse il leur jette
Quand la nuit projette
Ses ombres des soirs. —

Priez, frères, priez Notre-Dame qui veille,
De l'âme et du regard au-dessus de Marseille !
Priez, frères, priez et la nuit et le jour !
La prière est un baume, une sainte rosée
Qui redonne la sève à la vie épuisée,
     Et qui nous ouvre un ciel d'amour !

—

Priez ! au temple saint, prosternez-vous nos frères !
Le monstre est là fixant ses regards funéraires
Sur vos pavés déserts, sur vos seuils, sur vos pas ;
Affamé de vos pleurs, convoitant votre vie ; —
Jamais sa soif de sang ne peut être assouvie ;
     Priez ! mais ne refusez pas

L'aumône à l'orphelin et l'aumône à la veuve !
Soyez hommes pieux dans cette rude épreuve !
C'est un de profondis, c'est un miserere !
Recevez l'asperges ! recevez l'huile sainte !
L'eau lustrale éteignant toute indiscrète plainte,
     Et le pain d'amour consacré !

Oh! priez et donnez! la Vierge de la Garde
Ecoutera vos cris, vous aura sous sa garde!
Montez à sa chapelle et priez à genoux!
Ou plutôt, descendez son image si chère!
Que de sa bonne ville elle touche l'ulcère!

    Elle prendra pitié de vous!

Des Belzunces nouveaux la voix s'est fait entendre!
Et vous, frères, et vous, ne faites pas attendre!
Oh! la mort n'attend pas une heure, un seul moment!
Donnez, la vie est courte, et les trésors d'aumône
Se centuplent là haut près du céleste Trône

    Dans les palais du firmament!

Avant que votre glas sur l'airain pieux sonne,
Pour que le Seigneur-Dieu vous aide et vous pardonne,
    Donnez, riches, donnez encor!
Le pauvre a soif et faim! il vous implore! il pleure!
En vous criant: maudits! faudra-t il donc qu'il meure?

    Oh! donnez au pauvre un peu d'or!

Ecoutez : silence!
Dans l'air se balance
La cloche qui lance
Son hymne au Seigneur.
C'est l'hymne de joie....
Le Ciel vous envoie
Son ange sauveur!

La foule attendrie
Se recueille et prie
La Vierge Marie,
Mère des douleurs!
La foi se réveille;
La charité veille
Le visage en pleurs!

Enfin loin du môle
Sur la mer s'envole
Fuyant vers le pôle,
Le dragon ailé!
Sur le promontoire
La nuit n'est plus noire
Au ciel étoilé! —

CHOLERA.

Sur la dune grise ,

Chaque flot se brise ,

Poussant une brise

Qui vous rafraîchit !

Des vaisseaux à rames ,

Des bricks et des prames

La voile blanchit !

La fleur se relève

Et reprend sa sève ;

Chaque front s'élève ;

Jésus soit loué !

Et gloire éternelle

A tout cœur fidèle

Qui s'est dévoué !

Oh ! mais des malheureux la voix n'est pas éteinte !

Donnez , frères , donnez ! l'aumône est aussi sainte

Que la prière dans les deuils !

Donnez aux orphelins ! donnez aux pauvres mères !

Vos secours sécheront bien des larmes amères

Qui coulent sur de froids cercueils !..

[MARS 1835].

ADIEUX A LA PROVENCE.

ADIEUX A LA PROVENCE.

Rien n'est stable ici-bas ; chaque jour nous apporte
Des plaintes, des regrets, et de tristes adieux ;
    Le Stoïque dirait : Qu'importe !
Mais le Poète, lui, sent des pleurs dans ses yeux....

Lui qui sous ce beau ciel de joie et d'harmonie
Vivait religieux d'espérance et d'amour ;
    Croyait son épreuve finie,
Et voyait l'horizon briller d'un nouveau jour....

Lui , qui transfiguré comme une chrysalide,
Préparait sur son luth des cantiques de foi ,
     Marchait sans bâton d'invalide ,
Par de nouveaux sentiers vers un noble tournoi. —

Oh ! voilà que soudain il doit tendre son aile ,
Abandonner son nid de duvet et de fleurs ,
     Et s'envoler, pauvre hirondelle ,
En murmurant encor des notes de douleurs !

Oh ! laissez-lui chanter les adieux de son âme ,
Les soupirs renfermés en son sein palpitant,
     Semblables à des jets de flamme
Qui d'un tube embrasé sortent en éclatant.

    Allons , allons vents des orages ,
    Soulevez-vous sur ces rivages
    Pour entraîner un faible esquif !
    Allons , allons flots de l'abîme ,
    A vous encore une victime
    A broyer sur quelque récif !

Adieu, mer Méditerranée,
Belle mer toujours sillonnée
Par des myriades de mâts !...
Oh ! je t'aime comme une femme
A qui l'on a donné son âme,
A qui l'on rêve en tous climats !

Je t'aime... et le vent qui s'élève
Va m'emporter loin de ta grêve,
Aux falaises de l'Océan ;
Adieu, belle mer azurée !
Adieu ta rive diaprée !
Adieu ta grêve de safran !

Adieu, cités du moyen-âge !
Et toi qui si long-tems surnage
O grande Massillie , adieu !
Adieu Toulon la ville forte,
Qui vient de tomber demi-morte
Dans une atmosphère de feu,

Sous les griffes sanguinolantes
Du monstre aux mille voix râlantes ; —
Que Dieu t'aide, ô pauvre cité !...
Puissent du moins nos flots de larmes
Éteindre bientôt les alarmes
D'un pauvre peuple épouvanté !.

Arles, ma vieille Arles que j'aime !
Qui m'inspirais plus d'un poème..᷈
Ma vieille Arles, oh ! de long-tems
Je ne foulerai tes ruines ;
Préserve-les sur tes collines
Bien plus des Elgins que du tems !

Arles adieu ! je te regrette !
Là tous mes rêves de poète
Pouvaient être réalisés.
Adieu ton Delta de Camargue
Où remontent, le vent au largue,
Tes mille bateaux pavoisés. —

Adieu riants vallons que le Réal arrose,
Jardins de Saint-Remy, semés de laurier-rose,
De garance, de menthe et de palma-christi!
Berceau si fantastique où reposa sa tête
            NOSTREDAME le grand prophète,
Dont le nom jusqu'à nous a souvent retenti!

Monumens consacrés, antiquités sublimes, (7)
Les siècles vous ont vu traverser leurs abîmes;
Car vous fûtes créés quand l'art seul était dieu!
Je vous ai contemplé mille fois dans ma vie,
Tantôt les pleurs aux yeux, tantôt l'âme ravie;
            Je ne vous verrai plus, adieu!

Que de fois par les soirs, quand la lune pâlie
Ouvrait mon cœur souffrant à la mélancolie,
J'ai rêvé près de vous, près de vous j'ai prié!
J'ai repeuplé souvent les coteaux des Alpines;
Glanum, le vieux Glanum sortait de ses ruines
Ainsi qu'au jugement un cadavre oublié.

                        17

Du grand peuple romain j'évoquais la mémoire ;
Je le retrouvais là dans son deuil, dans sa gloire ;
Puis je pensais à nous, pauvre peuple alité,
Qui ne pouvons fonder rien de grand dans le monde...
Oh ! c'est que nulle part rien de grand ne se fonde
    Sans la foi, sans la liberté ! —

Adieu nouveau Bedlam, ô Saint-Paul de Mausole
Où j'ai vu bien souvent plus d'une jeune folle,
    Rire, chanter et s'ébahir
Sous les bosquets touffus des roses bengalines,
    Et jouer sur les mandolines
    Quelque mélodie à ravir !

Ces fous, je les aimais ; — nous conversions ensemble
Sous l'amandier fleuri, le cyprès ou le tremble ;
    Auprès des jets d'eau murmurans !
Leurs paroles charmaient comme une poésie,
Et quand passait en eux l'ardente frénésie
    Avec ses frissons délirans,

Assombris de douleur, l'œil ardent et farouche ,
Ils me pressaient la main, et jamais de leur bouche
Contre moi ne sortait un seul cri de courroux...
Je leur portais des fleurs , des livres d'espérance ,
A réjouir leur âme , à calmer leur souffrance...
      Adieu Saint-Paul ! adieu tes fous !

Trévallons , doux séjour, odorante bastide ,
Où dès que la pensée incrustait une ride
      Sur mon front pesant et rêveur,
Je venais m'isoler des tristesses du monde ; ⸺
Là descendait quelqu'Ange à chevelure blonde ,
      Au sourire plein de saveur...

Qui me disait : Poête , allons , chasse ton rêve !...
Ainsi que le printems aux plantes rend la sève
Cette voix ramenait la sève dans mon cœur...
O Trévallons! adieu. Souvent dans mes nuits sombres,
Quand viendront me troubler de sataniques ombres,
      J'évoquerai ton ange inspirateur. ⸺

Et vous que je chéris, enfans de la Provence,

Oh ! ne m'oubliez pas ! promettez-moi d'avance

D'aimer mon souvenir comme un amour pieux !

Que mon nom quelquefois jaillisse de vos âmes !

Que mes vers aient pour vous la saveur des dictames !

A vous, amis, mes saints adieux !

Notes.

NOTES.

(NOTE 1ʳᵉ).

Malheureusement l'imagination du poëte n'a rien
créé dans ces stances élégiaques. La ville d'Arles a
été témoin de ce funeste événement arrivé le 22 juillet 1833.

(NOTE 2).

Communiquée par madame Guérin.

« Si le 14ᵐᵉ siècle ne fut pas, dans l'histoire des peuples, une époque brillante et solennelle, ce siècle ne
fut pas non plus une époque dépourvue d'éclat et de
vertu. L'esprit humain, dégagé en partie des entra-
ves d'une longue captivité et des liens d'une enfance
faible et débile, se releva de cet affaissement moral
et préluda avec virilité aux premières idées d'indépendance et d'affranchissement. Les beaux-arts sor-
tirent de leur engourdissement ; la poésie s'inspira
au foyer de l'amour et de l'enthousiasme ; de grandes

et nobles passions jaillirent du cœur de l'homme. La Société plus avancée, plus éclairée, surtout en Provence, par les chants des trouvères et par le contact de la cour pontificale, se débarrassa de ce qu'elle avait hérité de rude et de grossier des siècles précédens. La chevalerie et les cours d'amour florissaient ; tout respirait l'adolescence et ses fraîches couleurs ; semblable à la chrysalide qui s'élance libre et brillante, l'humanité s'épanouissait et s'animait aux premiers rayons du génie. Les grandes découvertes apparaissaient à l'horizon. Un nouveau monde allait bientôt jaillir de la pensée de Colomb ; et tandis que la jeune Amérique déploîra au loin ses rivages aux regards du célèbre navigateur, un monde puissant et créateur, le monde de la pensée surgira de la vieille Europe.

Tout annonçait dès la fin du 12ᵐᵉ siècle cette grande révolution : un caractère d'indépendance et d'examen se manifestait partout dans les esprits, et, pour un observateur habile et attentif, il eût été facile de prévoir les résultats immenses qui allaient en être la suite ; de même que le célèbre Cuvier refaisait avec un fragment fossile l'organisation d'un animal antédiluvien, de même, pour l'observateur judicieux, un événement le met sur la voie des événemens subséquens. Tout s'enchaîne et se tient dans l'histoire des hommes et de l'humanité.

Ce siècle qui réveilla l'esprit humain de sa longue léthargie, ne pouvait être aussi que le réveil de l'a-

mour et de la poésie. Je dis de l'amour, parce qu'il
est vrai de dire que pour aimer, du moins pour aimer
avec son âme, il faut plus qu'on ne le croit commu-
nément, de noblesse, d'élévation et d'enthousiasme ;
l'amour devint, au 14ᵐᵉ siècle, un sentiment fort et
profond mêlé de piété et de foi, d'idées théologiques,
exaltées et bizarres ; et c'est de cette étrange com-
binaison que nait dans le Dante le charme inexpri-
mable de l'épisode de Françoise de Rimini. Alors,
aimer c'était prier ; aimer c'était vivre. Timide, noble
et silencieux, l'amour fut chaste et naïf ; les femmes
y mêlèrent leur grâce, leur dévoûment ; les hommes
leur force et leur héroïsme.

Ce fut sous cette double influence des idées reli-
gieuses et chevaleresques, que Pétrarque ressentit les
effets de son amour pour Laure ; et pour le poète, ce
fut un concert de l'âme, de l'esprit et du cœur. C'est
moins sa beauté qui le touche, qu'il chante et qu'il
admire, que son âme qui se reflète sur ses traits purs
et gracieux : c'est cette décence, cette pudeur qui la
colore d'un éclat si divin, qui brille, qui resplendit
en elle ! Que lui importe sa beauté ! n'est-il pas plus
heureux mille fois par sa vertu ? N'est-ce point à cette
vertu sévère qu'il devra sa gloire et ses plus chères
émotions ! Laure n'est pas pour lui une femme : son
amour pour elle est si pur et si chaste, qu'il croirait
le profaner, le flétrir d'un désir ! Sa présence le pu-
rifie et l'élève aux joies du Ciel : elle verse dans son
cœur ce bonheur ineffable et doux, semblable à cette

suave et délicieuse ambroisie qui annonçait au fils
d'Ulysse la présence de la divinité. C'est cette puissance invisible et cachée, cette extase sans fin dont il
chante en si beaux vers les transports et les ravissemens ; et qui ne croirait l'entendre encore aux bords
de cette Sorgue aux eaux si limpides, ce chantre harmonieux? qui n'a pas été surpris de vertige à l'aspect
de ce lieu, de cette solitude, de ces ombrages chéris,
où Laure venait se rafraîchir de la chaleur d'un jour
étouffant? qui n'a pas erré avec ravissement au milieu
de ces rochers ou la fraîche et bruyante cascade a déposé la mousse des siècles écoulés? qui n'a pas cru,
dans un moment de tendre rêverie et de trompeuse
illusion, entendre, au bruit de ces eaux murmurantes,
les plaintes du poète et les soupirs de Laure? Quels
sentimens doux et profonds! quelles émotions nais-
sent en foule dans ces lieux! Oh! puissance de l'amour
et du génie, qu'il faut que vous soyez réels sur nos
âmes pour inspirer de tels ravissemens!

Mais aussi, combien ne fut-elle pas adorable cette
Laure si tendrement, si constamment chérie! L'amour
et la gloire du poète ceint du triple laurier du Capitole ne la rendirent ni plus vaine, ni plus fière. Supé-
rieure aux vanités du monde qui entraînent, séduisent
et corrompent tant de cœurs, son amour tendre, timide, concentré, resta caché pour le poète comme
pour la postérité. Tout entière à ses devoirs, elle aurait cru se perdre dans le tems et dans l'éternité, si
un aveu lui était échappé. Car telle était l'opinion des

femmes de ce tems-là, qu'elles se croyaient trop haut
placées pour ne pas rougir de partager ou d'approu-
ver une passion quelconque ; aussi, lorsqu'elle sentait
son cœur oppressé et serré de contrainte, elle se pros-
ternait, elle priait, laissant exhaler dans la ferveur
de sa prière tout cet amour qui la brûlait.

· Telle fut, grande et simple, la vertu de cette femme
dont l'amour pur, idéal, fort et courageux, lutta avec
lui-même et la gloire, et qui rappelle si bien ce type
de l'amour chrétien dont l'illustre auteur des Martyrs
nous a donné une si belle analyse dans sa divine
Atala.

Comme femme, comme amante, comme épouse et
comme mère, Laure a mérité sa gloire et notre admiration. Placée dans la plus haute région du devoir,
elle sut s'y maintenir et inspirer pendant vingt ans,
au plus grand poète de son siècle, des chants purs,
harmonieux et sublimes, qui ont fait sa gloire et sa
renommée. De toutes les femmes, Laure est peut-être
celle qui devrait être la plus imitée et la plus enviée ».

(Note 3.)

M. Jacquemin vient de publier un ouvrage d'un
puissant intérêt, sous le titre de GUIDE DU VOYAGEUR
DANS ARLES. L'érudition s'y trouve mêlée aux charmes
d'un style plein d'harmonie et de vigueur. Son arti-
cle du Cloître de Saint-Trophime est surtout bien

remarquable , et nous sommes heureux d'en citer ici
quelques passages.

« De tous les monumens du moyen-âge que le hasard
a protégés dans Arles , contre les injures des hommes
et des siècles , afin de s'en servir , sans doute , pour
faire honte à notre époque abâtardie et routinière ,
celui qui de tout tems m'a le plus vivement frappé ,
celui sur lequel sont venues se concentrer toutes mes
sympathies d'amateur , c'est le Cloître de Saint-Trophime avec les mille poésies de son œuvre si variée et
si complète.

A tort ou à raison , au risque enfin de blesser bien
des enthousiasmes, j'aime ce monument de préférence
à tous les autres. Ces galeries , sur lesquelles les siècles en passant ont déposé cette couleur locale , sorte
de patine antique qui , elle aussi , a son caractère ,
ses accidens et ses effets , je les ai vues non pas une
fois , mais cent ; à toutes les heures , aspect par aspect, face par face, par les tems sombres , par les
pluies d'hiver , au clair de la lune , comme à la lueur
splendescente du beau soleil de mai.

Je puis dire que je les sais par cœur.

Sous quel point de vue qu'on le prenne , de quelle
façon qu'on l'envisage , comme objet d'art ou simplement comme l'expression d'une pensée religieuse
qui n'est plus à notre usage , c'est toujours un beau
spectacle que celui que présente notre Cloître aux
heures où le soleil, descendant de son zénith, se glisse
en se jouant parmi ces têtes d'anges, qui vivent, qui

sourient et qui remuent, pour aller se perdre en longs
rayons dorés dans la dentelle finement évidée de toutes ces niches aujourd'hui désertes et veuves de leurs
saints. Que de fois ma patience s'est épuisée à suivre
une à une et détail par détail, ces conceptions bizarres., ces compositions originales, ces images fantastiques, si faciles et si verveuses, empreintes d'un faire
si délicieux, qu'il semble que le secret ne doive plus
s'en retrouver! Que de fois encore, mes yeux se sont
lassés à compter tout ce peuple de saintes et de saints,
tous ces prélats mitrés, ces figures séraphiques, ces
reines dévotieuses et ces têtes ailées de joyeux chéru-
bins que l'artiste a jetés sur les corniches, dispersés
sur les pilastres, pendus en grappes aur chapiteaux.
Non, qui n'a point vu le Cloître ne peut imaginer la
moitié seulement de toutes les merveilles que l'art du
moyen-âge y a accumulées. Il n'en sait pas la couleur
chaude, la poésie, le langage, la pompe et la richesse.
Mettez là les rameaux éplorés du saule de Babylone,
les bouquets tristement cendrés de la linaire rayée
qui vient dans nos murailles, et vous aurez un poëme
tout entier, un de ces poëmes écrits avec des pierres,
comme aujourd'hui les hommes n'en font plus.

Tel qu'il est, le Cloître de Saint-Trophime est un
de ces monumens qui parlent vivement aux imagina-
tions, même les plus obtuses, et qu'il faut admirer
sans chercher à jeter le froid de l'analyse sur les sensations qu'on goûte à l'étudier dans toutes ses parties.
Dans cet édifice, témoignage pieux de la religion de

nos pères, véritable chef-d'œuvre de patience et d'un
travail naïf, tout produit en moi des impressions bien
autrement poétiques que ne pourrait le faire notre
Amphithéâtre lui-même, avec ses formes simples et
son immensité déserte. Gracieux et superbe tout ensemble, s'élevant avec une richesse de style et une
abondance de décors qui étonne toujours plus, ce
n'est point par la grandeur imposante de sa masse,
que le Cloître attire les regards : c'est par l'expression singulièrement belle de ses reliefs vus en masse
et d'un peu loin, par la beauté de sa composition mul-
tiple et maniérée, qu'il attache et intéresse. Un des
caractères les plus particuliers de l'architecture gothique, c'est qu'elle parle aux yeux, que toutes les
intelligences la saisissent et qu'elle se fait également
comprendre de la foule et des artistes.

Formé d'une galerie quadrangulaire enfermant dans
son milieu un préau ou espace découvert qui servait
autrefois de cimetière, notre Cloître se compose de
parties qui ne peuvent appartenir qu'à des époques
très-éloignées entr'elles. Celles du nord et du levant
sont bien certainement les plus anciennes. Ce sont
celles que Hugues Béroard, dit-on, fit construire en
1221, époque où il faisait également travailler au
portail de son église. Et cependant, quand on vient
à les examiner de près et avec soin, il arrive qu'on
est tout surpris de retrouver dans la construction de
ces deux parties attenantes, des différences assez no-
tables pour qu'on ne puisse pas les rapporter au

même tems. Évidemment la galerie du nord a été
élevée la première., et alors, c'est pour nous une né-
cessité de la faire remonter plus haut que l'épiscopat
de Béroard. Outre qu'elle est bien mieux bâtie et plus
habilement exécutée, les murs extérieurs de cette
partie du nord sont faits avec un plus grand soin ;
les pierres en sont plus régulières dans leur coupe et
mieux appareillées; les claveaux des cintres plus épais
et mieux liés ensemble.

C'est le style bysantin, encore grave et noble, avec
ses colonnes courtes et trapues, ses chapiteaux romains, sa sobriété de figures grotesques et son cintre
toujours parfait.

La galerie du levant, la seule qui fut probablement
bâtie par Hugues Béroard, porte avec elle un caractère qui marque sa véritable époque. J'y vois un des
derniers épisodes de la moderne architecture grecque
qui expire, pour faire place à celle du moyen-âge qui
s'avance. C'est une des dernières lueurs, un des derniers effors de l'art bysantin, disparaissant devant
l'ogive qui s'établit partout en souveraine. Aussi, les
cintres du double plus ouverts, portés sur des colonnettes plus grêles, présentent peu l'idée de la soli-
dité : les claveaux faits de petites pierres d'inégales
dimensions, sont sans liaison entr'eux, et les piliers
buttans de l'intérieur de la cour, qui, dans la partie
du nord, s'élèvent sous la forme de colonnes carrées
chargées de cannelures, avec des chapiteaux corinthiens, sont entachés ici du style gothique et repré-

sentent des colonnes fuselées réunies, couronnées de chapiteaux ornés de feuilles très-légères.

Au reste, cette différence dans l'âge de ces deux constructions, qui est au plus d'un siècle entier, ne saurait être bien appréciable à la distance où nous en sommes, et pour ce que j'ai avancé plus haut, que cette moitié du Cloître, ou tout au moins le côté du levant, fut fait en même tems que le portail, ceci est une chose qu'on ne saurait nier, surtout si on en vient à comparer ces deux ouvrages. Leur architecture est la même, ils sont en tout semblables, ils se tiennent par la main, il y a dans chacun d'eux une ressemblance, une parenté de forme et de style qui atteste la contemporanéité la plus certaine, une manière qui n'est que d'une époque, des pensées qui ne peuvent avoir appartenu qu'à un seul architecte.

Dans ces deux galeries les petites colonnes sur lesquelles viennent s'appuyer les retombées des cintres, sont très-irrégulières dans leur forme. Elles ne sont point exécutées dans de bons principes, on voudrait leur voir de meilleures proportions et plus d'accord dans tout l'ensemble. Quoique faites dans la manière antique, c'est-à-dire, sans renflement et diminuant de la base à leur sommet, elles sont la plupart grossièrement galbées : les unes sont rondes, quelques autres sont à pans, rengées sans symétrie entr'elles. Sur l'une d'elles j'ai trouvé des marques de cannelures commencées. Les bases ordinairement mal profilées sont ici polygones, ailleurs carrées ou arrondies. Les

colonnes diffèrent aussi pour la matière : la plupart
sont de marbre blanc, mais il y en a quelques-unes de
cipolin, et quelques autres qui sont de marbre rouge.
Il est probable que quand on fit le Cloître, on y em-
ploya les marbres abondamment répandus aux coins
de chacune de nos rues, et les colonnes furent taillées
dans des fûts brisés, retirés des monumens antiques,
sans égard à la différence de qualité et de couleur.
Quelques-uns des chapiteaux de la plus ancienne galerie sont ornés de reliefs représentant des personnages et des sujets empruntés aux livres saints, mais la
plupart sont corinthiens, à feuillages d'acanthe, ornés
de caulicoles et de volutes. Ordinairement le travail
de ces chapiteaux est pur et bon, et les détails en
sont presque tourjours fouillés avec une élégance et
une hardiesse de ciseau fort remarquable pour l'époque.

C'est une étude curieusement intéressante que celle
de tous les reliefs sculptés aux chapiteaux du Cloître.
Tous les faits importans de l'Histoire-Sainte, tous les
personnages de l'ancien et du nouveau Testament sont
là qui défilent devant vous, accompagnés chacun de
tous les attributs qui les caractérisent : voilà d'abord
l'annonciation, la visitation et la nativité de Jésus-
Christ ; voici les anges qui annoncent aux pasteurs la
naissanc de l'Enfant-Dieu ; puis l'arrivée des mages
et leur adoration, la fuite en Egypte, le massacre des
innocens, Rachel pleurant sur ses enfans, et l'entrée
triomphante de Jésus dans Jérusalem. Il y a encore

18

la résurrection de Lazare, le sacrifice d'Abraham, et
Moïse recevant les tables de la loi.

Les deux côtés du midi et du couchant sont de beau-
coup postérieurs aux autres. Ils ne datent que de la
fin du xive. siècle; et l'archevêque François de Conzie
les fit bâtir en 1389. C'est ici le gothique fleuri. L'ogive
a remplacé le cintre, les colonnes plus effilées s'élancent davantage, et les chapiteaux, ornés quelquefois
de pampres d'une délicatesse infinie, sont presque
toujours chargés de bas-reliefs fort curieux, les voûtes
faites en arc de cloître sont partagées dans l'intervalle
des arcs doubleaux par des nervures à filets qui se
croisent au sommet, et viennent s'appuyer de chaque
côté des galeries sur des piliers formés par la réunion
de plusieurs colonnettes ramassées en gerbe. Dans la
galerie du midi les piliers correspondant aux arcs doubleaux des voûtes, sont décorés de niches richement
travaillées, recouvertes par des dais à jours et à tailla-
des, chargés de magnifiques découpures. Ces niches
ou tabernacles disposés par trois réunis ensemble ,
étaient autrefois remplis par des statues de saints qui
ne s'y trouvent plus. On peut conjecturer que cette
figure d'évêque ou de saint tout mutilé qui est scellé
contre le mur dans une des autres galeries, a dû oc-
cuper autrefois une de ces niches. Pourquoi ne le re-
met-on pas à sa première place ?

Des statues de saints, des figures d'apôtres et d'évê-
ques sont placés dans les entre-colonnemens, et les
grands panneaux, des pilastres placés aux angles de

l'édifice, représentent divers sujets très-composés,
comme la résurrection du Christ, la cène, le lavement
des pieds, le baiser de Judas, Jésus tenté dans le désert, les trois Maries, les disciples d'Emmaüs et la
lapidation de St.-Étienne. Tout cela avec une variété
d'idée et de style, qui donne à chacun de ces personnages une physionomie particulière et un caractère
qui ne ressemble jamais à celui qu'on vient de voir ».

(NOTE 4).

La Revue Aptésienne nous a donné il y a quelques
mois la biographie de la Sœur Ste-Magdeleine d'Orgon,
cette biographie pourrait trouver sa place ici, mais
elle a été fort répandue dans le Midi ; et maintenant
qui ne connaît, qui n'aime, qui ne vénère cette pauvre sœur quêteuse qui semble avoir été envoyée là
par la Providence pour laver une souillure que porte
le nom d'Orgon depuis 1814. — La Sœur Ste.-Magde-
leine, entretient du produit de ses quêtes un hôpital
assez considérable où sont reçus les voyageurs malades, les soldats fatigués, les orphelins abandonnés,
les pauvres sans asyle ; oh ! c'est une digne femme
que la Sœur d'Orgon ! affable avec les étrangers, elle
leur dit sa vie de sacrifices et d'abnégations, mais
sans aucune pensée d'orgueil ; depuis plus de 12 ans
elle ne s'est pas couchée. Le passage des diligences à
Orgon a lieu la nuit, elle est toujours là près de sa

guérite avec une lanterne à la main, et tendant aux
voyageurs une petite boîte de fer blanc, dans laquelle
elle les prie de laisser tomber une aumône pour les
pauvres voyageurs malades à l'hôpital. Oh! le nom
d'une telle femme doit être béni et glorifié!

(NOTE 5).

La Sainte-Baume est le lieu le plus pittoresque de
France. MM. Devilleneuve, Joseph Dortigues, le père
Joseph et plusieurs autres écrivains recommandables
nous en ont donné des descriptions pleines d'intérêt;
mais aucune, je pense, ne sera si complète et si atta-
chante que celle qui se trouvera au 3ᵉ. volume du
grand poëme biblique de Magdeleine, par Achille
Rousseau. Les deux premiers volumes de cette œuvre
viennent de paraître il y a deux mois.

(NOTE 6).

Les historiens ne sont point d'accord sur l'origine
de la Tarasque. Les uns prétendent que le monstre a
existé réellement au tems où Tarascon et Arles n'é-
taient que de tristes marais entourés de roseaux et
dépourvus d'habitans. Pour eux, la Tarasque était un
dragon monstrueux qui dévorait les populations envi-

ronnant son antre. On montre encore de nos jours le TROU DE LA TARASQUE, trou situé sous les fondemens du chateau du roi René, et que baignent les eaux du fleuve.

D'autres, croyant à l'existence de la Tarasque, en font une simple allégorie; ils présument qu'il peut avoir existé jadis un monstre, et qu'aux premiers tems du Christianisme on ait saisi l'image de ce mons-tre pour représenter le Paganisme enchaîné par Ste-Marthe, représentant de son côté le Christianisme qui, commençant à civiliser le monde, fesait dispa-raître la barbarie et la férocité des mœurs des païens au premier siècle de J.-C.

Toutefois, l'opinion la plus générale et la plus pro-bable est celle de cette dernière allégorie. On croit au dragon, et ce qui a accrédité cette assertion c'est le nom deTARASQUE, nom inconnu, qui ne peut avoir été que celui d'un monstre.

Il est indubitable que le Paganisme était figuré sous les traits de la Tarasque, puisque dans les processions du 15ᵉ siècle, une jeune fille de noblesse était déguisée en Ste.-Marthe, et enchainant la Tarasque avec un cordon, la promenait par les rues aux acclamations de la foule. Cet usage existe encore de nos jours, chaque année le jour de Ste.-Marthe, la Tarasque est promenée gravement et en procession par la Ville, une jeune enfant, sous les traits de Ste.-Marthe, guide sa course et reçoit les bénédictions du peuple qui se presse sur son passage.

Le roi René, au milieu des plaisirs de sa cour, cher-
cha un spectacle bizarre qui pût ranimer le goût et
l'enthousiasme d'un public fatigué. Il institua la fête
de la Tarasque, fit construire un dragon en bois que
devaient faire courir les premiers chevaliers de sa
cour. Ce genre de spectacle fit fureur. Toutes les châ-
telaines de Provence accouraient à Tarascon pour
jouir d'une course de la Tarasque. Il est vrai que cette
fête était magnifiique; la cour de Provence y déployait
un luxe éblouissant. Les chevaliers étaient brillam-
ment parés de vestes blanches, de CULOTTES rouges et
de tocques noires. Ils portaient la Tarasque et la pro-
menaient en courant au milieu de la foule. Les dames
d'honneur, placées au balcon, jetaient des fleurs et
des applaudissemens sous les pas du monstre, et des
couronnes anx galans chevaliers qui, durant le repos
de la Tarasque, divertissaient les spectateurs par les
danses, les farandoles ou des combats simulés. Tout
cela se passait au moyen-âge, au siècle poétique où
vivait JEANNE DARC, sous Charles VII, en 1449. Mais
sous leur apparente étrangeté, ces jeux cachaient un
but politique. Le roi René les institua pour arrêter
les combats sans cesse renouvelés que se donnaient
entr'eux les habitans des villages voisins de Tarascon:
Eyragues, Châteaurenard, St.-Remy, Arles étaient,
chaque jour férié, le rendez-vous de gladiateurs dont
les rixes commençaient à coups de poing et se termi-
naient à coups de cailloux. Ces combats barbares
étaient toujours sanglans. Le bon roi René voulut les

prévenir. La populace attirée par l'attrait de nou√
veaux spectacles, se porta aux jeux, aux belles pa-
rades de la cour de René, et oublia ses rancunes au
milieu des plaisirs.

Depuis, ces vieux usages renouvelés par nos frères
se sont conservés, la Tarasque n'a pas changé de forme,
la figure en est la même que celle que nous présentent
les vieux tableaux du 15ᵉ. siècle. L'enthousiasme n'a
pas dégénéré non plus. Tarascon nous en a donné la
preuve cette année par la joie délirante avec laquelle
il a accueilli la représentation des jeux du moyen-âge.
Les vieillards, les femmes, les enfans, les riches, les
pauvres, tout s'est mêlé, confondu, pour fêter la
Tarasque. Ses haines se sont appaisées, la joie a été
unanime, cela inest imaginable!

Je ne vous parlerai pas de la forme de la Tarasque,
vous la connaissez, et toutes mes paroles seraient
vaines pour bien vous décrire la joie du peuple taras-
connais. En deux mots notre ville a donné cette année l'aspect véritable d'une ville du 15ᶜ. siècle.

CYPRIEN GAUTHIER.

(NOTE 7).

Les antiquités de Saint-Remy ont été expliquées de
mille manières différentes. M. Bissière, principal du
Collége d'Arles, qui en a fait une étude particulière,

a bien voulu nous faire part de ses judicieuses ré-
flexions que nous nous empressons d'insérer ici.

« Ces monumens sont au sud de St.-Remy, au pied
même de la chaîne des Alpines ; ils s'élèvent, comme
un double souvenir de gloire et de deuil, sur le cadavre de Glanum, vieille cité des Salyens, dont parle
Ptolémée, et que Pline a rangée parmi les VILLES
LATINES.

Détruite une première fois par les Vandales de
Chrocus, et rebâtie vers le 5ᵉ siècle sous le nom de
Fretum ou Freta, elle fut de nouveau saccagée par les
Sarrasins, et se fondit dès-lors insensiblement dans
la nouvelle ville qui se formait dans la plaine, autour
du patrimoine de St.-Remy : c'était à l'ombre de ce
nouveau nom que les habitans de Glanum allaient
chercher un abri contre la tempête qui grondait sur
leur première demeure.

Un arc de triomphe à côté d'un tombeau, et voilà
tout ce qui reste de Glanum !... Mais ces restes sont
bien propres à nous donner une haute idée de la cité
qu'ils représentent.

Bien des systèmes ont été bâtis en face de ces monumens, depuis celui du bon curé de Miramas, jusqu'aux explications données par les savans auteurs
de notre Statistique ; et nous n'en connaissons pas
mieux celui pour qui fut érigé ce bel arc de triomphe,
non plus que les pieux auteurs du Mausolée, quoi-
qu'ils aient eu la précaution de décliner leurs noms.

Plusieurs ont cru qu'un même objet, une destina-

tion commune unissait les deux monumens : M. Ma-
losse est de ce nombre; et, pour justifier son dire, il a
voulu, bon gré, malgré, que nous vissions ce qu'il
voyait lui-même, à travers les yeux de Millin, UNE
ÉVIDENTE ANALOGIE entre deux monumens, dont l'un
porte, à n'en pas douter, le cachet de l'élégance et du
bon goût du siècle d'Auguste, au lieu que l'autre, au
dire de Millin lui-même, A PART QUELQUES BEAUTÉS
D'ENSEMBLE, OFFRE D'ASSEZ GRAVES DÉFAUTS, QUI NOUS
LE FONT POSTÉRIEUR AU TEMS DES ANTONINS.

Sans entrer dans tous les détails de ces nombreux
systèmes qui se détruisent tour à tour, édifices cons-
truits sur des bases si fragiles, que le souffle de la
critique les fait crouler en un moment, essayons d'é-
mettre un avis, un doute, si l'on veut, pourvu qu'il
ne soit pas contre la vraisemblance.

ARC DE TRIOMPHE DE GLANUM.

Cet arc, encore entier depuis la base jusqu'au-dessus de l'archivolte, est dégradé dans son couronne-
ment. L'abbé Lamy, et Millin après lui, pensaient, à
tort je crois, que la frise ou l'entablement devait porter
une inscription. Mais sur combien d'arcs de triomphe
a-t-on trouvé cette inscription? En est-il sur celui
d'Orange? eh! mon dieu, non; pas plus que sur ceux
de Vaison, de Carpentras, de Cavaillon, etc. Ne de-
vons-nous voir en cela que l'usage établi de ne pas
mettre d'inscription au front de pareils monumens;
ou bien faut-il encore y reconnaître une raison par-

ticulière qui fesait une loi du silence ? Si, comme je le
crois, l'arc de triomphe de Glanum était l'œuvre d'Enobarbus, comme le docte Foortia a prouvé que nous
lui devions ceux d'Orange et de Cavaillon, de Vaison
et de Carpentras, nous n'avons plus à regretter l'inscription prétendue ; elle n'a jamais existé ; elle ne
pouvait exister : Domitius Enobarbus, après avoir ,
auprès de Vindalum, aujourd'hui Bédarrides, vaincu
les débris échappés au fer de Sextius et recueillis par
le roi des Arvernes, s'était vu ravir son triomphe au
moment d'en jouir. Son successeur, Fabius Maximus,
vainqueur dans un second combat à l'embouchure de
l'Isère, avait élevé sur les lieux des monumens de sa
victoire ; il triomphait à Rome avec le nom d'Allo-
brogique, et consacrait le souvenir de ses exploits par
un arc de triomphe élevé dans la rue Sacrée.

Ce fut alors qu'Enobarbus, qui véritablement avait
commencé et fini la victoire par le combat de Vindalum et la prise de Bétultus, voulut triompher à son
tour, mais à l'insu de Rome et dans les lieux témoins
de ses exploits. L'histoire a dit qu'il courut la province, étant monté sur son éléphant blanc, à la tête
des légions proclamant sa vaillance.

Alors donc furent élevés les monumens qui nous
occupent ; mais élevés furtivement, ils ne pouvaient
ni ne devaient offrir aux yeux rien de ce qui eût dé-
celé le faste personnel ; l'omission de toute inscription
était d'ailleurs une fine recherche ; en n'y mettant
point le cachet de sa propriété, Domitius semblait ne

travailler qu'à la gloire de Rome ; il pouvait, au besoin, se retrancher dans des vues d'intérêt public.

Tous ces arcs sont d'Enobarbus ; et les raisons que le savant anglais Pownal allègue, pour lui dénier celui de St.-Remy, qu'il attribue à Fabius, sont trop futiles, pour qu'on s'attache à les réfuter : les raisons données par Fortia sont toujours là, fortes, irrécusables ; voyez plutôt ces raisons péremptoires dans l'ouvrage intitulé : ANTIQUITÉS DU DÉPARTEMENT DE VAUCLUSE. Mais si Pownal a cru que l'arc en question était l'œuvre de Fabius, il a donc reconnu, dans le style du monument les caractères du beau siècle, comme d'autres l'ont observé dans ceux d'Enobarbus ? Voyons si ce n'est que sous le rapport de l'âge, que tous ces monumens sont frères ; voyons si dans les bas-reliefs, tout, jusqu'aux moindres accessoires, n'y porte pas le sceau d'une frappante analogie, au point qu'on puisse dire d'eux, ce qu'on a dit de je ne sais plus quelles nymphes :

............,........ *Facies non omnibus una ,*
Nec diversa tamem , qualem decet esse sororum.

On voit, parmi les bas-reliefs de l'arc de triomphe d'Orange, des captifs enchaînés.

Sur l'arc de Carpentras, on trouve, à droite, un prisonnier debout, les mains liées derrière le dos, et le corps couvert du sagum ; ses cheveux flottent sur l'épaule, il est ceint du bandeau royal. A gauche, est un autre captif dont une faible barbe annonce le jeune

âge, et dont le front est presqu'entièrement caché
par le bandeau royal. Et n'est-ce pas là ce qu'on voit
sur l'arc de St.-Remy? Si donc il a suffi d'un pareil
bas-relief pour que Spon ait attribué l'arc qui le porte
à cet Enobarbus, qui s'empara de Bétultus et de son
fils Congéniat, qui l'empêchait de lui donner aussi
l'arc de triomphe de Glanum? N'y voit-on pas deux
captifs enchaînés, les mains liées derrière le dos,
couverts de leur sagum, et ceints de leur bandeau
royal? ce que Spon avait pris pour un bonnet, je
crois.

Il y a plus ici : voyez le bas-relief du nord; vous
avez sous les yeux le drame tout entier. Enobarbus,
insolent et perfide, a mis la main sur l'épaule du fier
Gaulois, et, souriant de sa noble colère, il lui dit :
VOUS ALLEZ A ROME !...

Au levant, le père et le fils sont unis dans les mêmes
chaînes; le père est couvert du sagum, et le fils de sa
robe; ils pleurent leur indépendance et les malheurs
de leur patrie.

Au couchant, ce roi malheureux est pour toujours
dans la captivité; c'est Rome qui retient sa chaîne,
Rome assise dans sa puissance et trônant sur des fais-
ceaux d'armes.

Au midi, la Gaule elle-même a partagé la captivité
de ses fils; et sur tous ces tableaux de honte et de
douleur, deux victoires tenant des palmes semblent
planer tout le long des voussoirs.

Mais pourquoi donc Enobarbus a-t-il placé ce monument loin du théâtre du combat, et dans une province déjà soumise aux volontés de Rome avant la guerre des Arvernes.

Bétultus n'avait pris les armes que pour replacer sur son trône le roi des Salyens réfugié chez lui ; il convenait donc de montrer aux sujets de Teutomalius qu'ils n'avaient plus rien à attendre, ni de leur roi, ni de ses alliés.

Mausolée.

Je ne m'occuperai point ici de la description de ce monument ; on pourra consulter Millin (t. 3, p. 394 et suivantes).

J'ai déjà dit qu'il n'existait aucun rapport de parenté entre le mausolée et l'arc de triomphe : celui-ci devait exister depuis plus de trois siècles, lorsque le mausolée vint s'établir à l'ombre de sa vieille gloire.

L'inscription du Listel a bien, je crois, reçu déjà 15 interprétatations diverses ; tenons-nous en à celle de Barthélemy ; c'est la meilleure de tout point, car c'est la seule qui respecte les lois du style lapidaire :

SEX. L. M. IVLIEI. C. F. PARENTIBVS. SVEIS.

C'est-à-dire,

Sextus, Lucius, Marcus Jules, fils de Caïus, a leurs parens.

Ce sont donc trois frères du nom de Jules, avec leurs prénoms respectifs, fils de Caïus Jules, qui ont consacré ce monument à leurs père et mère. Mais de quel Jules, s'il vous plaît ? Est-ce de Caïus-Julius César? est-ce d'Auguste? de Libon? et le reste, et le reste?

Eh! mon Dieu, non ; ce sont tout simplement trois hommes du pays, affranchis ou non, peu importe, et qui portaient un nom fort commun dans ces lieux, depuis qu'Arles avait reçu, avec la légion de Jules, le nom de Julia Paterna.

Papon devinait vrai, lorsqu'après avoir essayé de percer le nuage, il ajoutait naïvement : « Au reste, il » peut très-bien se faire que ce ne soit qu'un simple » monument érigé par trois frères en l'honneur de » leurs père et mère ». Mais, en effet, ce n'est pas au tre chose; et, pour le dire encore avec l'Hermès Marseillais : « *Tout ce que cela signifie, c'est que ce fut un monu-* » *ment de la piété filiale* ».

Alors, à quoi bon s'enfoncer dans la nuit des tems, pour y chercher ce qui n'existe pas ? Que nous faut-il pour avoir la clé du mystère? Il nous faut quatre noms, sant plus, trouvés autour du monument.

Eh bien, je lis dans le recueil des inscriptions de la Lauzière, les quatre noms qui nous occupent, avec leurs prénoms respectifs : Caïus Julius-Sextus Julius-Lucius Julius et Marcus Julius. Et, ce qui mérite attention, les caractères de ces lettres, sur quatre monumens divers, décèlent tous l'âge du mausolée, ou le 4e. siècle. — Oui, mais les bas-reliefs, qu'en dites-vous? Ne sont-ce pas des sujets historiques, ayant trait aux illustres morts, que le monument fait revivre?... Eh! mon Dieu, tous ces bas-reliefs sont

ce qu'ils sont partout ailleurs sur des monumens de
ce genre ; il faut toujours y reconnaître non des faits
historiques, mais des traits de la fable ; des tableaux
portant avec eux une idée de la destruction ; une
chasse, un combat à pied ou à cheval, une cérémonie
funèbre ; or, n'est-ce pas ce que l'on trouve ici ?

Au couchant, ce sont deux armées qui se disputent
un cadavre :

« A peine les deux chefs dans leurs bras vigoureux
» Ont enlevé du corps le fardeau douloureux,
» La foule des Troyens en sa fureur subite,
» Avec des cris confus au loin se précipite.
» Quand des limiers ardens les efforts agresseurs
» Pressent un sanglier atteint par les chasseurs,
» Tous altérés de sang, tous blanchissans d'écume,
» Volent ; mais le vaincu dont l'ardeur se rallume,
» Terrible, se retourne, et la meute aux abois,
» Se disperse en fuyant dans l'épaisseur des bois ;
» Telle, agitant le glaive et la pique acérée,
» S'élançait des Troyens la phalange serrée,
» Mais lorsque des Ajax l'immobile valeur,
» Résiste, leur visage a changé de couleur,
» Et pas un n'ose alors au couple qui s'arrête
» Disputer plus long-tems sa sanglante conquête ».

Voilà comment Bignan a traduit un morceau d'Homère, L'ENLÈVEMENT DU CORPS DE PATROCLE ; le sculpteur du mausolée, lui, l'avait aussi traduit à sa manière ; et cette traduction peut-être n'offre pas moins de poésie.

Au levant, se déploie tout l'appareil d'une pompe

funèbre ; c'est le triomphe de la mort. Là , sur le second plan , Penthésilée , frappée du coup mortel , est
soutenue mourante entre les bras d'Achille, son vainqueur. On voyait autrefois dans un temple d'Élis un
semblable tableau ?

Au nord , c'est une horrible mêlée de cavalerie ; le
sculpteur , dans ce simulacre de combat a réuni les
diverses positions des cavaliers et des chevaux ; on
dirait une étude d'après nature, un tableau de Vernet.

Au midi, c'est une chasse avec la mort de Méléagre:
sur le premier plan, le désordre et la confusion de
cette chasse si fameuse du fier sanglier de Calydon ;
au second plan, Méléagre se meurt, hélas ! au milieu
des transports , des cris de désespoir de ses parens
en pleurs ; l'un d'eux tient devant la bouche du héros
une petite boule ou globule de cristal, qui doit mar-
quer l'instant fatal où le mourant aura achevé de rendre le dernier soupir.

Tels sont les bas-reliefs du mausolée de St.-Remy.
A quelles singulières métamorphoses n'ont-ils pas été
soumis depuis la burlesque imagination de l'abbé Cou-
ture , qui voulait y voir le supplice d'Accon, chef de
la révolte des Carnutes, que César fit périr à Rheims,
je crois , jusqu'aux explications non moins bizarres,
données par les auteurs de la Statistique, et qui chan-
gent sans façon le sanglier de Calydon en la laie prophétique, avec ou sans ses marcassins ».

FIN DES NOTES ET DU VOLUME.

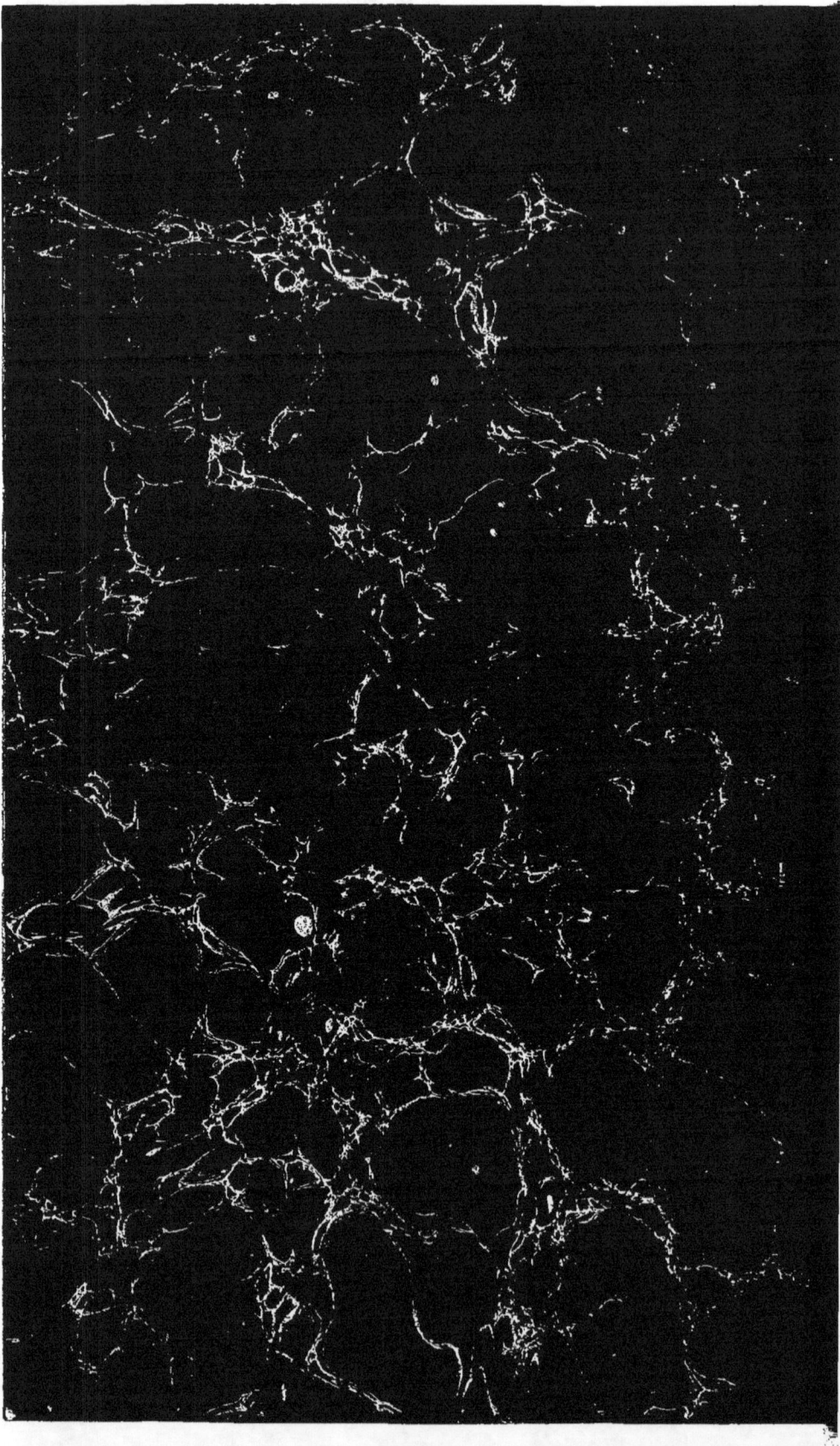

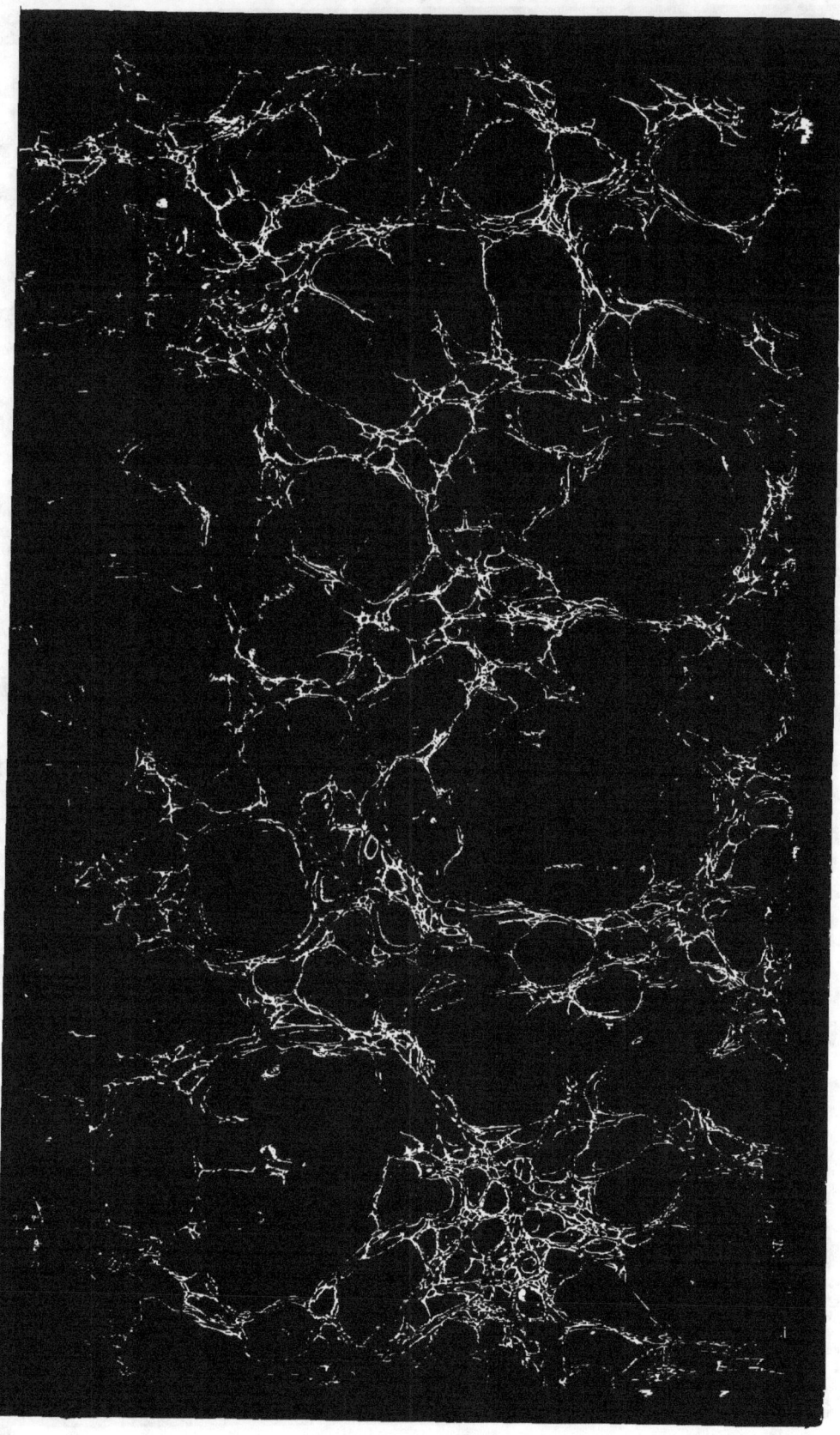